멈추지만 않는다면

나를 이끄는 긍정의 힘!

멈추지만 않는다면

류다영 지음

모모북스

들어가는 글

여섯 살 큰아이가 어버이날 편지를 써 주었다.

"엄마, 예쁘게 자라세요."

아이에게 물었다.

"엄마가 더 자랄 것 같아?"

책도 읽고 공부도 하니까 더 자랄 것 같다고. 아이가 이야기하는 '자람'은 키가 아니라 '성장'이었다. 지금보다 성장한 나를 그려봤다. 아이의 말대로 더 자라고 싶은 마음이 생겨났다. '꿈'을 꾸고 싶어졌다. 편지는 지금도 화장대 거울에 붙어 있다.

하고 싶고 되고 싶은 '꿈'을 찾았다. 서른여덟, 청소년을 대상으로 하는 교육 강사라는 직업을 선택했다. 청소년을 시작으로 부모, 선생님까지 강의 대상이 확대되었다. 매번 새로운 사람을 만나 관점 변화의 필요성을 이야기하며 긍정적인 성장을 위해 노력하고 있다. 강의를 듣는 사람은 물론 나 자신까지 변화하고 성장하고 있다. 직업이 강사라서 감사한 이유다.

서른 중반 넘어 새로운 직업을 선택하는 게 쉬운 결정은 아니다. 게다가 두 아이의 엄마다. 새로운 직업을 준비하기에 넉넉한 재정 상태도 아니었다. 아이를 돌봐줄 사람도 마땅치 않았다. 열악한 조건에서 강사라는 직업을 선택하는 것이 바른 결정일까 수없이 고민했다.

무모한 도전으로 보일 수 있다. 단지 돈을 벌기 위한 목적으로 하는 구직이라면 예전에 하던 일을 다시 하는 것이 현명한 선택이라는 조언도 들었다. 하지만 난 가슴이 뛰는 일을 하고 싶었다. 내 일을 하면서 설레고 싶었다. 직업을 선택하는 건 삶을 선택하는 거라며 아이에게도 조언한다. 그런 내가 강의를 준비하고, 강의하는 모습을 그리는 순간부터 가슴이 뛴다. 가슴 뛰는 직업을 찾은 것이다. 선택의 여지가 없었다.

순탄하지만은 않았다. 시간과 비용이 필요했다. 가사와 육아도 병행해야 했다. 직업 하나를 새로 선택함으로써 안정적이라 생각했던 일상이 틀어지기 시작했다. 단 하나의 선택과 변화가 삶 전체를 송두리째 흔드는 느낌이었다. 혼자 힘으로는 불가능했다. 가족의 도움이 필요했다. 때로 불편한 대화와 갈등으로 지치기도 했다.

일도 시작부터 수월하지 않았다. 무엇을 배워야 하는지, 어떤 노력을 해야 하는지, 하물며 누구에게 물어야 하는지도 막막했다. 다른 강사에게 문의를 해 봐도 돌아오는 답은 뻔했다. "맞아요. 힘들죠. 저도 그랬어요." 원망도 하고 답답함에 자책도 했다. 맨땅에 헤딩한다는 말이 이럴 때 쓰는 표현인가. 위로보다는 구체적인 조언이 절실했다.

열심히 책을 읽었다. 닮고 싶은 사람의 책, 궁금한 분야 강의 관련 책 등을 찾아 읽었다. 하나같이 잘해야 한다는 말뿐이었다. 포기하지 말고 끝까지 긍정적인 마음만 가지면 성장하고 성공한다고. 성공담을 나열하는 책을 읽으며 자괴감에 빠지기도 했다. 틀린 말은 아니다. 하지만 그때 내게 필요한 건 내 상황에서 직접 해 볼 수 있는 준비와 학습을 위한 구체적인 방법이었다. 나와 비슷한 과정을 거친 사람이 들려주는 실질적이고 실천 가능한 조언이 필요했지만 원하는 답을 찾을 수는 없었다.

그런 어려움을 겪고 이 자리에 섰기에, 그때의 나처럼 누군가의 간절한 조언이 필요한 이들에게 도움이 되고 싶다.

결혼 후 아내이자 엄마라는 직업이 다였던 내가 다시 꿈을 꾸고, 꿈을 찾기 위해 나를 어떻게 움 틔웠는지 이 책을 통해 공유하고 싶다. 새로운 도전 앞에서 망설이고 있거나, 방법을 몰라 답답해하는 이들에게 속 시원한 경험담을 전해주고 싶다. 적어도 그 시절의 나처럼 시작 단계에서 너무 많은 시간을 낭비하는 일이 없도록 도움 주고 싶은 마음으로 이 책을 썼다.

나이와 생활에 쫓겨 하루하루가 바쁘게 느껴질 수 있다. 그런 상황에서 자신의 길을 찾기 위해 이 책을 손에 든 당신은 가장 힘든 첫걸음을 내디뎠다. 최선을 다해 사는 자신에게 조금은 너그럽게 여유를 주었으면 좋겠다. 아이에게 성장의 기회를 주는 것처럼 자신에게도 기회를 주자. 엄마의 '자람'을 온 마음으로 응원한다.

목차

2장

내 인생 터닝 포인트, 삶의 의미가 되다

3장

공부, 참 많이도 했다

4장

나의 직업은 '강사'

5장

멈추지만 않는다면

멈추지만 않는다면

1장

기억하고 바라보기

강사가 되기로 했다. 마음은 먹었는데 무엇을, 어떻게 해야 하는지 감이 안 잡혔다. 그때 함께 강사를 준비하던 동료 강사가, 강의하는 사람들이 기본으로 듣는 과정이라며 비폭력 대화를 같이 듣자 제안했다. 평일 저녁 시간, 그것도 평택에서 서울 강남까지 가는 길은 멀었다. 비폭력 대화를 처음 배우러 간 날, 열두 명이 모여 앉았다. 과정에 대한 간단한 설명을 듣고 돌아가며 참여 계기를 말하는 시간을 가졌다. 옆에 있는 동료 강사의 권유로 같이 듣게 되었다 솔직히 말했다. 사람들은 진지했다. 삶의 질을 높이기 위해서, 가정의 평화를 지키고 싶어서, 비폭력 대화 지도자가 되고 싶어서, 자신의 대화법을 바꾸고 싶어서 등 다른 사람들의 명확한 계기를 들으니 절로 얼굴이 붉어졌다. 강사들이 기본적으로 배우는 과정이라고 듣고 왔지만, 설명을 듣고 있자니 그다지 도움이 될 것 같지 않았다. 세 시간을 꼬박 바닥에 앉아 수업을 들으니 허리는 아프고, 먼 길 운전의 피곤함에 눈은 자꾸 감겼다. 계속 다녀야 하나 싶었지만, 한 과정 수강료를 냈으니 어쩔 수 없었다.

세 번째 수업이 있던 날, 나는 조는 대신 꺼이꺼이 소리 내 울었다. 네 명씩 모여 앉았다. 느낌 카드를 펼쳐두고 돌아가며 경험을 이야기했다. 내 차례가 왔다. 바로 떠오르는 경험을 말하라는 말에 그때까지 누구에게도 하지 못하고 마음에 숨겨뒀던 이야기가 나도 모르게 툭 튀어나왔다.

여동생 결혼을 앞두고 친정에 며칠 먼저 내려갔을 때였다. 결혼식 전 신혼집에 새살림을 들이는 날, 제부가 사돈어른이 바빠 살림 들일 때 못 올 수도 있다고 말했다. 제부의 말에 천천히 오시라고 하면 되겠다는 말을 건넸다. 그것이 사단이 됐다. 사돈어른이 아버지에게 신혼집에 안 와도 된다는 말을 들었다고 전화를 한 것이다. 나는 신혼집 살림을 들일 때 시댁 어른이 와서 봐야 하는 결혼 문화가 있는지 몰랐다. 일하다 사돈어른의 전화를 받은 아버지는 내게 전화를 걸어 아버지가 딸에게 할 수 있는 말인가 싶은 온갖 욕을 퍼부었다. 통화 마지막엔 "이 결혼 파투 나면 네 책임이다."라는 말까지 들었다.

어떨 땐 모르는 사람이 편하다. 몇 년 동안 숨기고 있던 이야기가 담담하게 나왔다. 이야기를 들은 모둠원들이 느낌 카드를 찾아 건네주었다. 억울했겠다, 원망스러웠겠다, 당황스러웠겠다…. 시간이 지났으니 잊었다고 생각했던, 잊어야 한다 생각했던 그때의 '느낌', 감정이 북받쳐 올랐다. 눈물이 흐르고 울음소리가 삼켜지지 않았다. 깊이 감춰뒀던 마음이 터져 나왔다.

비폭력 대화를 배우기 시작한 목적은 강사가 되기 위해서다. 하지만 배우면서 깨닫는 건 비폭력적인 대화를 통해 삶을 넓고 깊게 볼 수 있다는 것이다. 그러기 위한 첫 번째 단계가 자신을 있는 그대로 바라보기다. 내가 겪은 경험과 느낌, 욕구, 삶을 있는 그대로 봐야 한다. 그런데 보기 싫고, 꺼내기 힘들어 그런 적 없다며 거짓말을 한다. 다른 사람 이야기를 들으며 '나도 저랬는데.' 하면서도 발가벗겨지는 기분에 감추고 또 감춘다. 말하지 않으면 숨길 수 있을 거라 믿는다. 말하지 않아도 표정으로 몸짓으로 행동으로 다 묻어나는 걸 자신만 알지 못한다. 자신을 있는 그대로 보고 이해할 수 있어야 다른 사람도 이해할 수 있다. 첫 단계를 지나야 두 번째 단계로 나아갈 수 있다. 생활과 말, 행동 등 온 삶에 묻어나는 온전한 나를 기억하고 바라보자. 그것부터 시작해보자.

1
어리다고
생각마저 어린 건 아니다

언니는 여덟 살, 나는 여섯 살, 동생은 두 살. 아버지는 일하러 갔고 엄마는 머리에 빨간 대야를 이었다. "엄마가 이거 팔아서 깐돌이 사 올 테니까 동생들 잘 보고 있어라. 절대 나오면 안 된다." 엄마가 아이스크림 사 온다는 말이 마냥 좋았다. 한참을 기다려도 엄마는 오지 않았다.

뜨거운 여름날, 언니가 우는 동생을 포대기로 업었다. 그리고 내 손을 잡고 걷기 시작했다. 햇볕이 너무 뜨거워 그냥 서 있어도 땀이 흘렀다. 언니 손을 잡다 말다 하며 걸었다.

"언니야, 아직 멀었나?"

"쫌만 더 가면 된다."

"어디까지 가야 되노?"

계속 묻고 싶었지만, 언니의 화난 모습에 더는 묻지 못

했다.

오랜 시간 걸어서 간 곳은 발만 디뎌도 뜨거운 광안리 바닷가 모래사장 한복판이었다. 왜 언니가 그곳으로 갔는지 따라갈 때는 몰랐다. 햇볕이 내리쬐는 모래사장을 언니는 동생을 업고 계속 걸었다. 모래사장에 꽂혀 있는 파라솔 아래 사람들이 앉아 있었다. 발 디딜 틈이 없었다. 사람들 사이에 빨간 대야를 머리에 이고 있는 엄마가 보였다. "아지매, 담치 좀 안 살라요? 이제 막 해 와서 맛있는데."

엄마를 찾았지만, 언니는 엄마에게 바로 달려가지 않았다. 그런 우리를 먼저 발견한 건 엄마였다. "야가 여기 와 왔노. 집에 있으라 했제." 우리를 보자마자 크게 혼내던 엄마가 기억난다. 그 소리에 울던 언니도. 엄마는 언니더러 우리를 데리고 집에 돌아가라 했다. 대야에 있는 것만 팔고 가겠다고 했다. 언니와 나는 울면서 왔던 길을 다시 돌아 집으로 갔다.

이 기억이 지워지지 않는다. 여덟 살 언니가 포대기로 아이를 업었다. 동생을 흘러내리듯 업은 언니의 뒷모습이 떠오른다. '언니 힘들겠다.' 생각하던 내가 떠오른다. 두 살의 차이가 언니를 아주 큰 어른으로 보이게 만들었다. 우리를 데리고 걸었던 그 길은 버스로 네 정거장 정도의 거리다.

언니는 엄마를 찾으러 그 먼 길을 우리를 데리고 걸었다.

우리 집 형편은 아이의 마음을 세심히 헤아려 줄 정도의 여유가 없었다. 여덟 살이면 밥을 할 수 있고, 어린 두 동생을 거뜬히 돌볼 수 있는 나이로 여겼다. '큰딸은 살림 밑천'이라는 말은 우리 집에서는 법과 같은 말이었다. 언니는 부모님의 바람과 가정 사정에 맞춰 성장했다. 부모의 역할은 먹이고 재우고 입히는 것이었다. 아이들을 굶기지 않고 교육하는 것만으로도 부모는 최선을 다하는 거였다. 내 또래 대부분이 그런 환경에서 자랐다.

물론 경제적으로 여유 있는 집은 달랐다. 아버지가 한 번씩 해외 출장을 다니는 친구가 있었다. 친구 엄마는 학교에서 돌아오면 책가방을 들어주고 간식을 챙겨주며 반겨주셨다. "학교 잘 다녀왔어?"라고 반기던 친구 엄마의 목소리가 기억난다. 함께 가면 드라마에 나오는 집처럼 간식을 쟁반에 받쳐 챙겨주었다. 친구 집에서 처음으로 시리얼을 먹었다. 입에 맞지 않았지만, 또 먹어 보고 싶은 마음에 못 먹겠다고 하지 않았다. 반겨주고 챙겨주는 엄마가 있는 친구가 부러웠다. 우리 엄마도 그래 주면 좋겠다 싶었다.

바닷가로 엄마 찾아갔던 기억이 나만 아는 기억일 수 있다. 이야기하면 부모님이 어떻게 받아들일까? 염려되어 가족에게 물어보지 않았다. 그래도 언니는 기억하지 않을까 싶어 이야기를 꺼냈다. "니도 그거 기억하나?" 그걸 기억하는 내가 의외란다. "그때 집에 돌아가서 엄마가 너거들 씻기라고 해서 내가 다라이에 물 받아서 씻기기까지 했다 아이가. 지금 생각하면 내가 그 길을 너거들 데리고 어찌 갈 생각을 했는지 모르겠다."

기억을 꺼내니 그 시간이 다가온다. 나만의 시간이 아니라 언니의 시간이었고 우리의 시간이었다. 어릴 때의 모든 것을 다 기억할 수는 없다. 하지만 지워지지 않는 기억, 기억하고 싶지 않아도 끝끝내 따라붙는 기억이 있다. 포대기를 맨 언니의 뒷모습, 한참을 둘러매도 남던 포대기의 긴 끈, 여덟 살 언니의 작고 힘겨운 뒷모습이 내게 그런 기억이다. 언니와 이제는 웃으며 이야기할 수 있다며, 그래서 참 다행이라며 웃었다. 언니도 어렸었는데 고생 많았다고 어른이 되어서야 이야기 건넸다.

기억은 오래된 사진처럼 떠오른다. 추측하고 상상하는 것이 아니라 사진처럼 눈앞에 그대로 펼쳐지는 듯 생생하다. 사진과 다른 건 기억엔 그 순간의 온도와 냄새, 소리와 촉감, 그때 느꼈던 감정과 의미도 함께 있다는 것이다. 기억은 어릴 때의 나와 지금의 내 감정이 함께 존재하기에 기억하고 추억하는 만큼 깊어져 더욱 선명해진다. 어릴 때의 기억을 들여다보면 어른인 지금보다 더 어른스럽게 생각하는 어린 내가 보인다. 어른인 지금과 다른 건 어리다는 이유로 생각을 자유롭게 표현하지 못했다는 것이다. 혹여나 그런 말이라도 할라치면 어김없이 '어린 게'라는 단어가 따라붙었다. 어리다고 생각마저 어린 건 아닌데 말이다.

2
냄새와 소리로 기억하다

부모님은 10년 이상을 시장과 상가에서 치킨집을 했다. 어릴 적 치킨집은 개인이 하는 가게가 대부분으로 브랜드가 없었다. 치킨 가게라는 말보다 통닭집이라는 말이 익숙하게 쓰였다. 아버지는 양계장에서 통닭집으로 생닭을 판매했다. 엄마는 아버지에게 생닭을 받아 치킨집을 시작했다. 그때부터 우리 집 냉장고에는 반찬과 함께 생닭이 자리를 차지했다. 특히 주문이 많은 여름엔 가게 냉장고에 자리가 모자라 집 냉장고까지 생닭으로 가득 차기도 했다. 한창 예민한 사춘기 시절 싫었던 건 '통닭집 몇째 딸'로 불리는 것. 그리고 집에 있는 생닭을 가게로 갖다 달라던 엄마의 심부름이었다. '통닭집 둘째 딸'이 내 이름을 대신했다. 그렇게 불리면 내 뒤에 항상 부모님이 계시는 것 같아 모든 행동이 조심스럽고 부담스러웠다. 다음으로 싫었던 생닭 심부름. 생닭이 지금처럼 비닐 포장되어 있으면 괜찮았겠지만 그렇지 않았다. 생닭을 손으로 잡을 때의 미끄덩거리던 감촉이 싫었다. 손가락에 빨간 자국이 남을 정도로 무거워 두 손으로 번갈아들고 가면 입이 절로 댓 발 튀어나왔다.

누군가를 떠올리면 사진처럼 장면이 떠오르기도 하고 냄새와 소리가 떠오르기도 한다. 엄마에게는 비릿한 생닭 냄새와 기름 냄새가 났다. 알록달록한 티셔츠에 일 바지를 입고 허리엔 전대가 있었다. 뽀글뽀글 파마머리에 목소리도 컸다. 웃음소리도 어찌나 큰지 가게로 가는 길에 들리는 엄마의 웃음소리로 그날의 기분을 알 수 있었다. 어릴 땐 엄마에게서 어떤 냄새가 나든 옆에 붙어 있는 게 좋았는데 커갈수록 비릿한 닭 냄새는 싫었다. 그런 엄마가 어쩌다 화장하는 날이면 화장품 냄새가 너무 좋았다. 엄마가 화장하는 날은 학교에 가거나 친척 집에 가는 날로 일 년에 몇 번 되지 않았다.

엄마에게서 화장품 냄새가 났다. 평소에 잘 안 입던 옷을 입고 새벽부터 우리를 깨웠다. 눈도 뜨는 둥 마는 둥 아빠의 용달차에 탔다. 명절이었는지 제사였는지 새벽부터 큰어머니 집에 갔다. 엄마는 도착하자마자 전을 부치고, 나물을 무쳤다. 그날따라 엄마의 표정이 안 좋았지만, 화장품 냄새가 좋아 옆에 계속 붙어 있었다. 무슨 일인지 엄마의 언성이 높아졌다. 어른들의 높아지는 언성과 엄마의 화난 듯한 표정이 무서웠다.

"엄마, 집에 언제 가는데?"

"엄마 일하고 있잖아."

"언제 가는데. 집에 가고 싶은데."

"야가 오늘따라 와 이라노. 저 가 있어라."

"엄마아."

그 순간 '짝' 소리가 났다. 엄마 손이 내 뺨을 그대로 때렸다. 10살 정도로 기억한다. 피곤해서 엄마에게 보챘고 나의 보챔은 강렬한 기억으로 각인됐다. 뺨을 맞던 순간은 아픔보다는 소리로 기억됐다. 뺨을 잡고 어찌할 바를 몰랐다. 눈물은 나는데 울음소리가 나오지 않았다. 엄마는 내게 그만하라며 소리 지르고 돌아앉아 다시 전을 부쳤다. 엄마의 화장품 냄새로 시작한 그날은 뺨을 맞던 소리로 마무리됐다. 이후 그 상황에 관해 묻지도 말하지도 않았다. 내가 너무 보채서 그럴 수밖에 없었는지 엄마가 다른 일로 화가 났던 건지 지금도 모른다. 소심했던 나는 그 사건으로 더 눈치를 봤다. 혹시 같은 상황이 일어나지 않게 더 조심하며 눈에 띄지 않으려 노력했다. "다영이가 있는지도 몰랐네." 란 말을 심심찮게 들었으니 눈에 띄지 않으려던 내 노력은 성공한 셈이다.

엄마의 다른 냄새는 '안티푸라민' 냄새다. '안티푸라민'을 적기 위해 단어가 맞나 싶어 네이버에 찾아봤다. 저항, 반대를 뜻하는 안티anti와 염증을 뜻하는 인플래임inflame이 합쳐져 만들어진 이름이란다. 참 이름도 잘 지었다. 대체로 안티푸라민을 쓸 때는 저항으로 생긴 염증을 치료하기 위함이니 말이다. 눈에 안 띄는 아이가 되려면 기본적으로 갖춰야 할 능력이 있다. '말 많이 하지 않기' 이 능력은 때를 가리지 않고 발휘됐다. 눈치껏 상황과 때를 가려가며 사용해야 하는데 그 눈치조차 없었는지 아버지에게 혼날 때도 능력이 발휘됐다. 무서워 목에서 소리가 나오지 않아 말을 못 하는데 아버지는 왜 잘못했다고 말하지 않느냐며 더 화를 냈다. 그 덕분에 난 소심하고 조용한, 무서움이 많은 아이가 아니라 고집 센 아이가 되었다. 때려도 도망가지 않고 말도 안 하니 두 대 맞을 거 세 대 맞았다. 무서움이 저항으로 받아들여졌다. 아버지에게 종아리를 맞고 잠이 든 밤이면 이불이 살짝 들리고 바지 걷는 엄마 손길이 느껴졌다.

"그냥 잘못했습니다 하고 말지 뭐 한다고 이리 맞고 앉았노. 아이고, 미련하다 미련해. 우짜겠노. 멍들겠네. 살살 좀 때리지."

울먹이는 엄마의 말소리와 알싸한 냄새가 났다. 아버지에게 맞는 건 무섭지만, 엄마의 걱정스러운 소리와 알싸한 안티푸라민 냄새는 엄마가 있어 다행이라는 안도감과 사랑을 느끼게 해주었다.

엄마가 되면 엄마가 보인다고 한다. 엄마가 되고 보니 그때 엄마의 마음을 조금은 알겠지만, 완전히 이해되진 않는다. 엄마이기에 그렇게 말하고 행동할 수밖에 없었을 거라고 이해하고자 하지만 그래도 '엄마인데 왜 그랬을까?'라는 생각도 든다. 엄마는 나에게 생닭 냄새, 기름 냄새, 호탕한 웃음소리, 화장품 냄새, 매운 뺨 때리는 소리, 안티푸라민 냄새, 울먹이는 소리로 기억된다.

냄새에는 기억과 추억이 함께 스며들어 있다. 나의 두 아이는 내게 붙어 킁킁거리며 "엄마 냄새 좋아."라고 말한다. 나는 모르는 내 냄새가 자기만의 기억, 추억과 함께 아이에게 엄마 냄새로 기억될 것이다. 아이 기억 속 나는 어떤 냄새와 소리를 가진 엄마로 기억될지 궁금하기도 하고 두렵기도 하다.

3
뒷모습이 건네는 말

아빠라는 단어보다 아버지라는 단어가 더 익숙하다. 아빠란 단어는 아이를 낳고 남편이 아이의 아빠가 된 뒤부터 편하게 다가왔다. 아빠는 친근하고 편안한 말, 아버지는 묵직하고 불편한 말로 느껴진다. 아빠라고 부르는 친구도 있었지만 우리 집에선 아버지, 아니 '아부지'가 익숙했다. 아빠라고 부르는 게 어색할 만큼 아버지와의 사이도 어색했다. 아버지가 집으로 들어오는 소리가 들리면 바로 나와 인사해야 했다. 어쩌다 타이밍을 놓치면 엄마의 등짝 스매싱과 잔소리가 어김없이 날아왔다. 집에 아버지와 둘만 있게 되면 나가기 위해 무슨 핑계라도 댔다. 아버지와 가깝게 지내려 노력하지 않았다. 그게 당연하다 생각했다. 아버지와 딸이니까. 아버지라는 말이 주는 거리를 좁히려고 굳이 노력하지 않았다.

작은 빌라로 이사하는 날 엄마의 표정과 말을 잊을 수 없다. 이사하기 전 집은 문 열면 바로 시멘트 바닥의 부뚜막이 있었다. 거기에 신발을 벗고 문을 열면 바로 방이었다. 부뚜막 하나에 방 한 칸, 다락방이 다였다. 화장실은 여러 세대가 공동으로 썼다. 싱크대가 놓인 주방이 있는 빌라로 이사하던 날 엄마는 세상을 다 얻은 듯했다. "이렇게 부뚜막 아니고 싱크대가 안에 있는 집에 살아보는 게 소원이었는데. 내, 소원 성취했다."

엄마는 아이처럼 밝게 웃으며 닦고 또 닦았다. 통닭집은 나쁘지 않을 정도로 장사가 됐고 별일 없는 날이 이어졌다. 계속 그렇게만 됐으면 나는 다른 삶을 살고 있을지도 모르겠다.

아버지는 누구보다 강하고 무슨 일이 생겨도 꿈쩍도 하지 않을 사람이었다. 스무 살에 경남 사천에서 연고 없는 부산으로 와 일을 구하고 가정을 이뤘다. 둘째 아들이었음에도 아래로 두 삼촌과 두 이모를 결혼시키고 의용소방대 표창을 받을 정도로 지역 활동가로 활발히 활동했다. 보증을 잘못 서 집을 잃을 위기에서도 걱정하지 말라며 약한 모습을 보이지 않았다. 그런 아버지가 어느 날부터인가 담배 피우는 횟수가 늘었다. 뉴스를 자꾸 보고 전화를 계속했다. 표정은 계속 어두워졌고 어깨는 자꾸 내려앉았다. 집엔 모르는 사람들이 드나들었다. 시간이 흐른 뒤 이유를 알았다. 생닭을 납품하던 아버지의 일에 큰 회사들이 발을 들였다. 회사에서 생닭 판매를 시작했다. 양계장과 가게들은 회사와 계약을 맺었다. 회사에선 배달을 전문적으로 할 사람을 뽑았다. 내가 고등학생이었을 때 아버지는 그렇게 일을 잃었다.

아버지의 등이 들썩거렸다. 9시 뉴스가 끝나가는 시간이었다. 방에 있다가 물 마시러 잠시 나왔다. 그 앞에 아버지가 앉아 있었다. 손에 쥔 무언가를 잘그락잘그락 소리를 내며 닦고 있었다. 전대같이 생긴 주머니에 자꾸 무언가를 넣었다 뺐다 한다. 자세히 보니 연장주머니다. 건설 현장에서 아저씨들이 허리춤에 차고 다니는 걸 본 적이 있다. 빳빳한 새 연장주머니를 아버지가 정리하다 말고 허리춤에 차며 말했다. "이거 어떻노?" 말이 다 안 끝난 것 같은데 아버지의 등이 들썩거린다. 아는 척하기도, 무슨 일이냐고 물어보기도 어려웠다. 무엇을 어떻게 해야 할지 몰랐다. "이거라도 있으면 아빠 써 주겠제…." 아버지의 뒷말에 입이 더 안 떨어졌다. 아버지는 일을 찾아 건설 현장으로 나갔지만 일을 못 구했다. 기술이 없어 일도 쉽게 얻을 수 없었다. 연장이라도 있으면 일을 구할 수 있을까 싶어 돌아오며 연장을 사 온 날이었다. 누군가의 뒷모습에 자꾸 눈이 갈 때가 있다. 보따리 짐을 발밑에 가득 두고 앉아 버스를 기다리는 할머니의 뒷모습, 학교로 상담하러 왔다가 복도를 걸어 돌아가는 엄마의 뒷모습, 하던 일을 잃고 생계를 걱정하는 아버지의 흔들리는 뒷모습. 아버지는 언제까지고 강할 거라고 생각했다. 아버지는 가족의 모든 걱정을 다 해결하고 지켜주는 사람이니까. 그 생각이 바뀌는 순간이었다.

몇 해 전 박범신 작가의 『소금』이란 소설을 읽었다. 제목이 썩 마음에 들진 않았지만, 표지 색깔이 눈에 띄어 아무 생각 없이 집어 들었다. 예상과 다르게 아버지에 관한 내용이었다. 글 중 이런 내용이 있다.

"무슨 아버지가 저래. 하고 그녀는 속으로 중얼거렸다. 그녀에게 아버지는 그저 아버지일 뿐이었다. 아버지는 사람이다, 라고 누가 말하면 웃음이 날 것 같았다."

딱 내 마음이 이랬다. 아버지는 아버지였지 사람이라고 생각해 본 적 없었다. 아버지는 토르처럼 강해야 했고, 캡틴 아메리카처럼 리더십이 있어야 했다. 가족에게 무슨 일이 생기면 로봇 짱가나 슈퍼맨처럼 언제 어디서고 나타나 해결할 수 있어야 했다. 당연히 그래야 했다. 예상치 못하게 본 아버지의 들썩이는 뒷모습 이후 아버지가 다르게 보였다. 일을 잃고 부양의 책임이 무거워 한없이 힘 빠진 한 사람으로, 한 남자로 보였다.

부모에게 아이는 나이가 들어도 아이라는 말이 있다. 아이에게 부모도 마찬가지다. 힘들어 돌아서면 언제나 그 자리에서 든든히 버팀목처럼 서 있으면 좋겠다 생각되는 존재가 부모다. 부모가 되고 보니 항상 그럴 수 없다는 걸 알면서도 아이에게 힘든 모습, 약한 모습 보이기가 싫다. 다시 아버지의 흔들리는 뒷모습을 본다면 그때와 다른 태도를 보일 수 있을까? 지금의 생각과 마음을 그대로 간직하고 그때로 간다면 다른 반응과 태도를 보일 수 있을까? 아마 그때와 똑같이 반응할 것 같다. 어쩔 수 없이 보인 모습이지만 부모의 마음을 알기에 더 모른 척, 못 본 척, 못 들은 척하지 싶다.

뒷모습은 많은 말을 건넨다. 도움을 청하기도 하고 자신이 살아온 이야기를 내어놓기도 한다. 외로움을 호소하기도 하고 위로를 바라기도 한다. 혼자만의 시간을 갖고 싶어하기도 하고 함께 있어 달라 손 내밀기도 한다. 누군가의 뒷모습이 말을 걸어온다면 그 사람이 원하는 방법과 표현으로 따뜻한 말을 건네면 좋겠다.

4
도움의 첫 단계

나는 숫자 3을 좋아한다. 2019년 한국인이 가장 좋아하는 숫자를 조사한 기사에서 행운을 상징하는 '7'이 45%로 1위를 차지했고 그다음이 3, 5, 1이다. 제목만 보고 예상하기로는 3으로 생각했는데 7이 1위를 차지했다. 한국인은 일상에서 '3'이라는 수를 많이 쓴다. 노크할 때도 '세 번-똑똑똑', 가위바위보를 해도 '삼세번'은 해야 결판이 나고, 재판 판결도 판사봉을 '세 번' 두드려야 끝이 난다. 간장, 고추장, 된장 '세 개의 장'이 한국 음식의 기본 양념장이고 훈민정음해례본을 통해 밝혀진 한글의 창제원리가 천지인 '삼재三才'인 것 등 한국인과 숫자 3이 깊은 연관이 있는 만큼 1위로 생각했다.

부모님은 세 자매를 낳았다. 부모님도 숫자 3을 좋아해 아이 셋을 낳았는지 모르겠다. 아니다. 나의 부모님은 아들을 낳기 위해 셋을 낳았다. 언니를 낳고 아들을 기대하며 둘째를 가졌다. 태몽도 아들, 입덧도 배 모양도 딱 아들이라 했다. 그런데 내가 태어났다. 할머니가 하던 말이 기억난다. “니가 고추만 달고 나오면 딱인데 뭐 한다고 엄마 배 속에다 떼놓고 왔노. 니가 고추 달고 나왔으면 너거 아부지가 얼매나 좋았겠노.” 엄마는 나를 낳고 더는 안 낳겠다 다짐했다. 그런데 셋째가 들어섰다. 아들이길 바랐는데 또 딸이었다. 형편이 좋지 않았기에 집에서 동생을 낳았다.

내 나이 다섯 살, 동생이 태어나던 날이 생생하게 기억난다. 엄마는 아픈 소리를 냈다. 할머니는 커다란 대야를 방에 들이고 아버지에게 부엌 큰 솥에서 끓인 물을 대야 가득 채우라고 했다. 엄마는 계속 아파하는데 아버지는 동생이 태어나는 거니 괜찮다고 했다. 겨울이라 밖은 추웠고 방은 한 칸이었다. 아버지가 언니와 나를 이불로 덮어씌웠다. “엄마가 동생 낳으니까 이러고 있자.” 그러고 얼마 지나지 않아 응애 하는 소리와 할머니의 한숨이 들렸다. “또 딸이가.” 그렇게 우리는 세 자매가 되었다. 다음 날 할머니는 바로 시골로 돌아갔다. 엄마는 아무 일 없었다는 듯 일상생활로 돌아갔다. 퉁퉁 부은 다리로 부엌에서 쪼그리고 앉아 울던 엄마가 기억난다.

지금은 성별을 안 가리고 자녀가 셋이라고 하면 나라에서 상 받아야 하는 사람, 애국자라고 할 정도로 한두 명의 자녀를 선호하지만, 친구 중엔 세 형제가 많았다. 물론 더 많은 형제를 가진 친구도 있었다. "열 손가락 깨물어 안 아픈 손가락은 없다."라고 말한다. 이 말처럼 부모는 모든 자녀를 사랑하지만, 형제 사이는 더 친한, 덜 친한 형제가 있기 마련이다. 형제가 셋인 집에서는 두 명이 친하고 한 명만 동떨어지는 경우가 있다. 우리 집에선 언니와 여동생이 단짝이었다. 잠자리 이불도 언니와 동생이 한 이불을 썼고 놀이할 때도 언니와 동생이 편을 먹었다. 형제 셋인 집에 이불을 따로 쓰면 대우받는 거 아니냐고 하겠지만 내 편 하나 없는 외톨이가 된 느낌이었다. 그래서 둘 사이가 좋아 보이면 더 심술을 부렸다.

엄마도 세 자매를 대할 때 온도 차가 있었다. 엄마, 아버지가 없을 때 부모의 역할을 하는 사람이 언니니, 언니 말은 무조건 들으라고 했다. 동생은 제일 어리니 무조건 보호해주라고 했다. 나는 그냥 강한 아이라 했다. 열 손가락을 깨물어 본다. 덜 아픈 손가락이 있다. 부모님에게 귀하지 않은 자식 있겠냐마는 덜 아픈 자식은 있을 수 있다. 셋은 한국인이 좋아하는 숫자 2위에 오를 정도로 선호하는 숫자지만 사람 수로 보면 그다지 좋은 수는 아니다. 짝을 맞출 수도 없고 꼭 한 명은 동떨어지는 경험을 한다.

친구도 둘보다는 셋이 있을 때 갈등이 더 많다. 특히 먼저 알고 있는 둘 사이에 들어갈 땐 더 그렇다. 큰아이 도연이가 초등 3학년 때 일이다. 학부모회 활동을 하며 주은이를 알게 됐다. 주은이 아이도 도연이와 동갑이기에 아이들도 친해지면 좋겠다 싶었다. 주은이에겐 친한 친구 덕선이가 있었다. 덕선이도 나와 동갑 덕선이의 아이도 도연이와 동갑이었다.

우연히 만났는데 엄마들도 동갑, 아이들도 동갑이다 보니 세 집이 만나는 기회가 잦아졌다. 처음엔 세 아이끼리 별 탈 없이 지내는가 싶었는데 시간이 가면서 도연이가 겉돈다. 겉도는 걸 알면서 갈등도 이겨나가길 바라는 마음에 모른 척 두고 봤다. 그날도 세 집이 같이 만나기로 했다. 그런데 도연이가 우물쭈물하다 입을 뗀다.

"엄마, 나 걔들이랑 안 만나면 안 돼?"

왜 그런지 물어보니 셋이 놀다가도 둘만 아는 얘기를 하며 놀아서 싫단다. 그런 갈등도 이겨나가며 놀았으면 좋겠다고 말하려는데 도연이가 운다. 그 순간 엄마로서의 욕심을 내려놨다.

"그럼 엄마가 애들이나 엄마들한테 얘기해볼까?"

"아니."

"그럼 엄마가 어떻게 도와주면 좋을까?"

"엄마, 내가 놀다가 힘들면 엄마한테 갈게. 그럼 안아줘."

힘들면 도와줘야겠다는 생각이 먼저 든다. 어떤 문제인지, 원인이 무엇인지 물어보고 문제를 해결해줘야지만 최선을 다해 도와줬다고 생각한다. 아이가 친구들 사이에서 힘들어할 때 갈등을 해결해주고 중재해주는 걸 도와주는 거로 생각했다. 그게 부모의 역할이라고. 하지만 도연이가 원하는 도움은 아픈 자신을 알아봐 주고 다치고 속상한 마음을 품어주는 조용한 위로였다. 자기를 대신해 이야기하는 것이 아니라 힘든 자신을 온전히 봐주는 것이 더 필요하다 이야기한다. 어렸을 적 언니와 동생 사이에서 외톨이가 된 것 같아 속상했던 내가 필요했던 건, 언니나 동생을 혼내주거나 내 편이 될 누군가가 아니라 외로운 마음을 알아봐 주는 누군가였다.

아무리 좋은 마음으로 건네는 큰 도움이라도 상대가 원하지 않으면 그건 도움이 아니다. 아무리 작은 것이라도 상대가 원하는 것이라면 크게 다가갈 것이다. 누군가를 돕고 싶다면 나의 입장과 관점이 아니라 상대의 입장과 관점으로 생각하고 바라보기. 필요한 도움이 무엇인지 물어보기. 그것이 도움의 첫 단계다.

5

둘째로 살아간다는 건

여자중학교, 여자고등학교, 여자대학교를 졸업했다. 이렇게 이야기하면 신기하다고 한다. 그리고 안 좋았겠다, 여자만 다니는 학교를 무슨 재미로 다녔느냐, 힘들지 않았느냐, 후회되지 않느냐는 말이 따라붙는다. 그렇게 말하는 사람들은 여자만의 재미있는 생활을 몰라도 너무 모른다. 여자들만 있으면 상상도 못 할 재미있는 일이 일어난다. 말뚝박기, 하이틴 로맨스 소설 돌려보기, 점심시간 비빔밥 해 먹기, 커피포트에 라면 끓여 먹기, 야자 빼고 노래방 가기, 그리고 축제를 방불케 하는 체육대회까지, 한 번 더 보내고 싶은 시절이다.

중학교 다닐 때 교복을 입지 못했다. 3학년에 올라가는 시점이기에 일 년을 입기 위해 교복을 맞추는 건 부담스럽다는 이유로 우리 학년은 교복 착용에서 빠지고 아래 학년부터 교복을 입었다. 사복 입기를 좋아한다면 사복 입고 학교 다닌 내가 좋아 보일 수 있다. 하지만 안 입는 것과 못 입는 것은 의미부터 다르다. 본인의 의지와는 무관하게 할 수 없는 일이 되어버리는 순간 그건 부러움이 된다. 일 년이라도 입을 수 있게 해달라는 우리들의 요구는 부모님의 반대로 받아들여지지 않았다. 지금 생각하면 '맞아. 일 년 입는다고 맞추는 건 낭비야.'라는 생각이 들지만, 그땐 후배들이 마냥 부러웠다. 부모님의 부담은 관심 밖이었다. 그렇게 교복 입는 후배를 부러워하는 마음 가득한 우리에게 교복의 운명이 맡겨졌다. 교복 디자인 세 개를 세워두고 학생 전체가 투표했다. 물론 우리는 성심성의껏 디자인을 고민하고 온 마음 다해 투표했다. 투표하면서 우린 한마음으로 이렇게 말했다. "우리는 못 입잖아. 예쁜 교복 뽑을 필요 없지. 어차피 우린 안 입을 거니까." 졸업만 남은 선배에게 후배를 생각하는 좋은 마음을 기대하기에 열여섯 살은 어린 나이다. 그렇게 사복 세대인 우리 학년과 교복 세대인 후배들이 일 년 동안 함께 학교에 다녔다. 교복에 신발, 가방, 머리 모양, 코트까지 지정된 고등학교에 다니게 되면서 후배들에게 조금이라도 더 예쁜 교복을 선택해주지 못한 게 뒤

늦게 미안했다. 후배들이 교복을 입기 시작한 학기부터 새로운 교칙이 생겼다. 교복 안 입는 우리 학년에만 적용되는 교칙. '운동장 조회가 있는 날은 모든 학년이 치마를 입어야 한다.' 지금 그런 교칙이 생기면 학생 인권과 성차별이라고 할 수도 있겠으나 그땐 교복 입는 학년과 동등한 환경을 만들어 간다는 취지로 만들어진 교칙이었다.

엄마는 내게 짧은 머리 스타일이 너무나 잘 어울린다고 했다. 아주 어릴 때부터의 기억을 더듬어도 머리카락 길이가 어깨를 넘긴 적이 없다. 엄마는 내게 바지가 너무 잘 어울린다고 했다. 내 옷장에는 주머니 많은 바지, 코르덴 바지, 청바지, 반바지만 있었다. 치마는 내게 어울리지 않는다고 했다. 그런데 매주 월요일 치마를 입어야 했다. 처음으로 옷장에서 치마를 찾아봤다. 아무리 뒤져도 서랍 한 칸 내 옷장엔 치마가 없다. 교칙을 이야기하며 '엄마가 사주겠지.' 기대했다. 기대는 채 1분도 가지 않아 깨졌다. "그럼 언니 옷 중에 하나 입으면 되겠네. 언니한테 치마 한 개 달라고 해라."

기대가 무너지면 실망이 커지는 법인데 언니 치마라도 치마를 입을 수 있다는 설렘이 얼마나 컸는지 새 치마를 못 입는 것에 대한 실망은 없었다. 한창 사춘기 시절인 중3, 바지만 계속 입었기에 익숙한 스타일은 바지였다. 치마를 싫어해서 안 입은 게 아니다. 내게 어울리는 옷차림을 정해준 부모님의 선택으로 치마를 입어 볼 기회가 없었기 때문이다. 사춘기에 접어들면서 치마 입은 친구를 보면 '나도 입어 보고 싶다.'라고 생각했지만, 부모님에게 사달라고 하지 못했다. 혹여나 사준다고 해도 입고 나설 용기가 없었다. 치마를 입고 나섰을 때 쏟아질 주위 시선이 부담스러웠기 때문이다. 누구도 신경 쓰지 않지만, 모두가 나만 볼 거라는 생각에 엄두를 내지 못했다. 그런데 합법적으로, 그것도 혼자가 아니라 모든 친구가 다 같이 치마를 입어야 하는 상황이 생겼다. 혼자 주목받을 일은 없다. 치마 입고 싶은 마음을 숨기면서 욕구를 충족시키기에 더없이 좋은 기회였다. 교칙이 시행된 월요일, 무릎 정도 길이의 하늘색 H라인 치마를 입고 어색해하면서 등교하던 그날의 감정을 기억한다. 좋기도 했고 부끄럽기도 했고 드디어 입었다는 성취감도 있었다. 뭐 대단한 일이냐고 그게 성취감까지 느낄 일이냐고 생각할 수도 있다. 사달라고, 입고 싶다고 말하면 될 일 아니냐고 말할 수도 있다. 누구에겐 별거 아닌 일이 나에게 별거인 일이 될 때가 있다. 나에겐 치마 입는 일이 별거였다.

보통 둘째의 성격은 까칠하다, 반항심이 많다, 독립적이다, 자립심이 강하다, 눈치가 빠르다 등이다. 둘째로 태어난

나도 자주 듣는 말이다. 둘째는 태어나면서부터 경쟁자가 있는 생활을 한다. 형제가 둘이면 눈치를 덜 본다. 형제 셋 중 둘째면 눈치가 빨라질 수밖에 없다. 첫째에겐 첫째의 대우가 있다. 언니는 머리카락이 정말 길었다. 아침마다 언니의 긴 머리를 땋아주던 엄마의 모습이 기억난다. 언니가 초등학교 3학년 때 엉덩이까지 오던 긴 머리카락을 잘랐다. 매일 아침 빗겨주고 땋아주기엔 딸 셋의 아침 뒤치다꺼리가 만만치 않았기에 내린 엄마의 결정이었다. 머리카락을 자르던 날 미용실 거울로 언니의 울던 모습을 봤다. 막내는 막내의 대우가 있다. 네 살 차이 나는 동생은 언니와 나는 못 다녔던 유치원을 다녔다. 유치원 발표회가 있던 날 엄마가 동생에게 화장시켜주던 기억이 있다. 동생의 머리카락은 계절의 변화처럼 변화무쌍했다. 파마도 하고 두 갈래 세 갈래로 묶기도 하고 조그만 머리에 필요한 고무줄과 알록달록 예쁜 핀은 서랍 가득했다. 가운데 낀 난 짧은 머리가 어울린다고 했다.

둘째로 살아간다는 건 태어나면서부터 새것보다 중고에 익숙해지는 것이다. 둘째로 살아간다는 건 태어나면서부터 경쟁은 당연하게 받아들여야 한다는 것이다. 둘째로 살아간다는 건 동생이 태어나면 관심을 조금 덜 받게 되는 것을 인정해야 한다는 것이다. 둘째의 삶은 태어나면서부터 첫

째와 막내와는 다른 조건과 환경에 놓인다. 그 환경에서 자신의 것을 지키고 갖추며 살아가기 위해 까칠하고 반항적으로 된다. 자신의 자리를 만들어 가기 위한 노력은 둘째를 독립적이고 자립심 강한 사람으로 만든다. 위아래 치이기 싫어 눈치를 살피며 살다 보니 눈치가 빨라지는 건 당연하다. 그러니 둘째의 성격을 타고났다 하지 않았으면 좋겠다. 타고나는 성격도 있겠지만 살아가기 위한 치열한 노력으로 만들어진 성격도 있다.

둘째의 성격대로라면 나는 내가 원하는 것을 거칠 것 없이 당당히 요구해야 한다. 하지만 그러지 못했다. 타고난 성격이 소극적이고 소심하기 때문이다. 조건과 환경에 적응하고 살아가기 위해 우리는 자신을 강하게 만든다. 그렇게 만들어진 특징을 성격으로 보기도 한다. 성격을 타고났다 하지 말고 왜 그런 성격을 갖게 되었는지 이해하면 좋겠다. 둘째니까 까칠하고 독립적인 게 아니다. 둘째로 살아가기 위해 그렇게 커왔다. 보이는 단면만 보지 말자. 사물에도 앞뒤 옆면 등 여러 면이 있는데 사물보다 더 복잡 섬세한 인간에게 보이는 면 이외의 다양한 면이 있는 건 당연하다. 보이는 면이 다가 아니다. 둘째로 살아간다는 건 참 고된 일이다. 애쓰고 살아온 세상 모든 둘째에게 박수를 보낸다.

6
이제는 안다

부모가 자식의 학업을 지원하는 것은 당연하다 여겼다. 공부하려는 아이가 있다면 지원하는 건 부모의 의무이자 역할이라고 생각했다. 하지만 나는 공부를 썩 잘하지 않았다. 부모님도 성적에 크게 관심 두지 않았다. 공부를 못한다고 잘하고 싶은 마음이 없는 건 아니니, 성적에 신경이 쓰이긴 했다. 과외를 받는 친구들이 부러웠다. 엄마, 아버지가 장사를 했기에 집안 형편이 나빠 보이지 않았다. 엄마 지갑엔 항상 돈이 있었다. "오늘 완전 파리만 날리네."라며 장사가 안됐다 하는 날도 지갑엔 많은 돈이 있었다. 중학생인 내가 임대료니 재룟값까지 생각할 머리는 없으니 지갑에 있는 돈은 온전히 엄마 돈이라 생각했다. 그러니 공부를 지원해 줄 능력 있는 부모님이라 생각했지만, 학원이나 과

외는 안 된다고 했다. '공부는 혼자 하는 거야.'라며 자기주도 학습을 했으나 수포자와 영포자가 된 걸 보면 결과는 좋지 않았다.

중학교 3학년, 인문계로 진학하고 싶었다. 인문계를 거쳐 대학에 가서 공부하고 싶었다. 진로 상담 기간이 됐다. 당연히 상담할 거로 생각했던 부모님은 당연히 상담하지 않겠다고 했다.

"그냥 실업계 쓰면 되지 뭐한다고 상담을 하노."

"엄마, 나 인문계 갈낀대."

"너거 언니도 실업계 간 거 모르나. 니도 실업계 가야지."

"너거 언니 따라 여상 가라."

언니는 실업계(지금의 특성화고), 인문계 선택도 못 하고 여상으로 진학했다. 아버지의 뜻이 너무 완고했기에 다른 선택은 있을 수 없었다. "여자가 여상 나와서 은행에 취업하면 최고지. 니는 여상 가라." 아버지의 이 한마디에 언니의 진학과 진로가 정해져 버렸다. 언니는 아버지 뜻대로 여상으로 진학했다. 그리고 아버지 말처럼 은행에 취업했다. 취업 시기 전이었기에 출석 일수가 모자라 졸업이 되지 않을 수도 있다는 이유로 학교장 허락이 떨어지지 않았다. 안 입던 양복에 서류를 들고 아버지가 언니 대신 학교에 드나들었다. 언니는 고등학교 교복을 3년을 채 입지 못하고 유니폼을 입었다. 회사 업무의 힘듦 때문인지 다른 이유인지 언니는 밤마다 울었다.

언니처럼 아버지의 뜻대로 하고 싶지 않았다. 뜻을 이루기 위해 내가 선택한 방법은 '자식이 굶으면서까지 바란다는데 설마 안 해주겠어.' 하는 생각으로 시작한 단식투쟁이었다. 밥도 굶고 도시락은 안 가져갔다. 억지로 가져간 도시락은 먹지 않고 버티기를 며칠, 드디어 엄마가 상담을 잡았다. 희망이 보였다. "인문계 갈 성적이 되는데 왜 보내지 않으세요?" 상담하고 온 엄마는 아버지와 상의 후 인문계 진학을 허락했다. 진로 문제로 인한 첫 갈등은 승리였다.

이후 같은 문제로는 더 이상 갈등이 생기지 않을 거로 생각했지만 오산이었다. 고3이 되었을 때 진학 갈등이 다시 시작됐다. "이제 취업해야지. 인문계 나와도 취업할 수 있다." 아버지는 대학 보낼 생각이 없다고 했다. 단식투쟁을 하기도 하고 설득을 하기도 했다. 짜증을 부리고 애원하기도 했다. 4년제 대학은 포기하고 전문대 원서 두 장으로 갈등을 조율했다. 대학을 갈 수 있어 다행이다 싶었다. 갈등을 겪으면서 아이가 공부를 원하고 대학 가길 원하면 지원해 줄 수 있는 부모가 되어야겠다고 생각했다.

성인이 되고 생활을 온전히 나의 힘으로 짊어지고 유지하는 게 얼마나 힘든 것인지 알았다. 이십 대만 해도 내 앞길 헤쳐 나가는 것만으로도 힘들었다. 부모의 역할까진 생각지 못했다. 결혼하고 아이를 낳아 키우니 생각지도 못할 만큼의 부담과 무게가 느껴졌다. 아이에게 들어가는 비용이 엄청났다. 아이를 먹이고 입히는 것이 다가 아니었다. 예방접종이나 아이가 아파 입원이라도 하면 몇십만 원은 기본이었다. 아이 용품 비용은 얼마나 비싼지 아기 띠와 유모차도 욕심대로 사기 힘들었다. 영아는 흔들림에 취약하다. 과도한 흔들림은 아이의 뇌에 안 좋은 영향을 준다. 이런 말을 듣고 나니 유모차에 태우는 것도 조심스럽다. 그런데 고급 유모차는 누워 있는 영아의 뇌에 가해질지 모를 흔들림까지 잡아주는 쿠션이 있다 했다. 얼마 쓰지도 않는 유모차가 왜 그렇게 비싼지 모르겠다고 말하면서도 속으로는 거기에 태우고 싶었다. 저렴한 유모차에 태우면 아이에게 해가 될까 싶은 걱정도 들었다. 하고 싶은 마음을 현실과 타협하는 게 이렇게 힘든 일인지 몰랐다. 하고 싶은 대로 다 할 수 없고, 해주고 싶은 만큼 다 해줄 수 없을 때는 허탈함과 미안함, 좌절감과 죄책감까지 느껴진다. 내가 하고 싶은 걸 못 할 땐 자신을 위로하고 이유를 들어 합리화시키면 그만이었다. 다음을 기약하며 다른 쪽으로 관심을 돌리면 그만이었다. 하지만 그 대상이 자식이고 해주지 않는 것이 아니라 못 해줄 때의 마음은 아리고 쓰렸다. 그걸 어른이 되고 부모가 되니 알게 되었다.

전문대 원서 두 장으로 타협했을 때 소소한 복수를 했다. 한 장은 내가 가고 싶던 학교의 관광통역과를 적고 한 장은 부모님이 원하는 학교의 세무회계과를 적었다. '수포자' 인생에 회계를 들이밀었으니 거부감은 당연했다. 두 학교 다 합격 소식을 접했다. 하지만 내 손엔 관광통역과의 합격통지서만 들려있었다. "엄마, 그 학교 떨어졌다." 4년제 대학을 선택할 기회도 주지 않은 부모님을 향한 복수심과 수에 대한 거부감의 표현이었다. 지금 생각하면 그때 내가 원하는 곳을 가기 위해 숨겼다는 것을 부모님도 알지 않았을까? 알면서도 모른 척한 건 아닐까 싶다. 4년제 대학 진학 기회가 내게 주어졌다면 어땠을까 상상한 적이 있다. 다른 생활을 하고 있을 내 모습을 그리기도 한다. 그럴 때마다 원망과 아쉬움이 교차했다. 하지만 이젠 기회를 주지 않았던 게 아니라 줄 수 없었다는 것을 안다. 주고 싶지만 줄 수 없을 때 얼마나 괴롭고 미안한지 이제는 안다. 그래서 더는 미안해하지 않아도 된다고 말할 수 있다.

2장

내 인생 터닝 포인트, 삶의 의미가 되다

삶은 선택과 그로 인한 변화로 만들어진다. 가볍게는 식사 메뉴를 선택하는 것에서도 삶이 달라진다. 난 요리를 잘하지 못한다. 결혼 전까지 엄마가 해주는 밥을 먹으며 지냈다. 요리라고 해 봐야 라면을 끓이는 게 다였다. 식사 시간이 되면 "밥 먹어."라는 엄마의 부름에 나가 수저 놓고 먹기만 하면 됐다. 길게 잡아 15분 정도의 식사 시간을 위해 어느 정도 준비 시간이 필요한지 몰랐다. 15분의 식사 시간을 위해 한 시간 이상의 준비가 필요하다는 걸 직접 살림을 하면서 알았다. 한 시간이란 시간도 오로지 요리하는 데 드는 시간만을 이야기한다. 장을 보고 정리하는 시간까지 포함하면 한 끼 식사를 위해 세 시간은 너끈히 필요하다.

요리를 잘하지 못하다 보니 재미도 없다. 손에 익숙하지도 않고 엄마가 알려준 대로 해도 엄마가 해준 그 맛이 나지 않는다. 그럼에도 직접 하는 요리를 선택한다면 힘들지만 건강한 요리는 먹을 수 있다. 그렇게 하기 힘들다면 배달 음식을 시켜 먹는 방법도 있다. 배달 음식은 세 시간을 투자하지 않아도 된다. 식사를 준비하는 시간에 내가 원하는 다른 걸 할 수 있다. 맛도 보장된다. 하지만 건강까지 보장하지는 못한다.

선택을 통한 다른 변화도 있다. 머리 스타일을 어떻게 선택하느냐에 따라 이미지가 변한다. 이미지가 변하면 처음 만나는 사람이 나에 대해 하는 평가도 달라진다. 10층에 있는 집에 가기 위해 엘리베이터를 탈지 계단을 이용할지에 따라 건강에도 변화가 생긴다. 고등학교, 대학교 진학을 선택하면서 삶 전체 진로가 변화하기도 한다. 이런 걸 보면 삶은 끊임없는 선택으로 인한 변화로 만들어진다 해도 과언이 아니다.

평생 내 이름으로 불리며 살 줄 알았다. 결혼해도, 아이를 낳아도 '다영'이란 이름은 계속 이어질 줄 알았는데 그렇지 않았다. 분명 사랑도 결혼도 내가 선택했다. 그 선택으로 며느리, 아내, 엄마라는 말들이 이름을 대신했다. 시댁에서 남편이 이름으로 나를 부른 적이 있었다. 시어머니가 이제 이름 대신 여보나 도연, 정윤 엄마로 부르라 하는 걸 들으며 내가 사라지는 것 같아 씁쓸했다. 누구의 아내, 누구의 엄마, 누구의 딸, 누구의 며느리이기 이전에 난 난데 왜 역할이 이름을 대신해야 하는지 모르겠다. 나를 부르는 호칭을 내가 선택할 수는 없는 걸까. 난 내 이름을 잃고 싶지 않았다.

나로 불릴 기회는 나도 모르게 왔다. 도서관에 부모교육 수강 신청을 하러 갔다. 신청자 이름과 연락처를 물어보는데 나도 모르게 '도연이 엄마'라는 말이 튀어나왔다. 연락처를 묻는데 내 전화번호가 떠오르지 않아 휴대폰을 쳐다봤다. 도서관을 나오는데 가슴이 찌릿했다. 만약 그때 시간과 기회를 잡지 않았다면 지금도 변함없이 이창석의 아내, 이도연과 이정윤의 엄마가 내 이름을 대신했을 거다.

무언가를 간절히 원할 때 다가오는 변화는 기회로 생각되어 반갑다. 하지만 변화를 거부할 때 다가오는 변화는 위기로 느껴 어서 지나가기만 바란다. 다가오는 변화가 있다면 그것이 기회인지 위기인지 알아차려야 한다. 변화가 또 다른 기회가 될 수도 있다는 것을 알아차려야 한다. 그렇다면 나는 내게 다가온 변화를 위기가 아닌 기회로 잘 맞이했는가? 의문이 던져진다. 파울로 코엘료의 『연금술사』에서 산티아고가 만난 영국인이 이런 말을 한다. "실패할지도 모른다는 불안감이야말로 이제껏 '위대한 업'을 시도해 보려던 내 의지를 꺾었던 주범이지. 이미 십 년 전에 시작할 수 있었을 일을 이제야 시작하게 되었어. 하지만 난 이 일을 위해 이십 년을 기다리지 않게 된 것만으로도 행복해."

기회와 선택 앞에서 우리가 망설이는 이유는 지금의 안정된 삶이 흔들릴 것이라는 불안함, 실패에 대한 두려움, 확신할 수 없는 성과 때문이다. 이런 불안함과 두려움에 인생이 달라질 수 있는 일생일대의 기회를 애써 못 본 척 외면하고 있지는 않은지 주위를 다시 둘러보기를 바란다. 기회를 알아차리지 못하면 십 년 후, 이십 년 후에도 지금과 같은 것을 바라고 있는, 지금 그대로의 모습일 수 있다.

1
어른이라도 어린이

성인이 되면 뭐든 다 할 수 있을 것 같았다. 12년 동안 공부도 할 만치 했고, 꿈에 그리던 대학생이 됐으니 말로만 듣던 MT 같은 것도 가고 친구 생기면 술도 마시면서 놀고 싶은 마음이 간절했다. 성인이니까 부모님 허락받지 않고 여행도 가고 연애도 마음껏 하려 했다. 그러려면 돈이 필요했다. 등록금 맞추기도 빠듯한 집안 사정을 알고 있었기에 풍족한 용돈을 기대하긴 힘들었다.

수능이 끝난 다음 날부터 집 근처 편의점에서 아르바이트를 시작했다. 열아홉의 나이에 교통편까지 고려해 첫 아르바이트 장소를 집 근처로 잡은 내가 어른스럽게 느껴져 으쓱했다. 그때 시급은 1,200원에서 1,500원 정도였다. 적은 돈이었지만 돈이 다가 아니었다. 직접 일해서 돈을 번다는 것만으로 뿌듯했다. 아르바이트비를 한 달에 한 번 모아 받았다. 적은 금액이라도 스물이 막 되는 나이엔 목돈으로 느껴졌다. 그렇게 시작한 아르바이트는 취업할 때까지 계속되었다.

아르바이트를 직업이라고 생각해 본 적은 없었다. 물론 아르바이트만으로도 생계를 꾸려나갈 수도 있고 회사원의 연봉을 뛰어넘는 아르바이트도 있다. 하지만 나는 아르바이트를 직장을 다니기 전 잠깐의 일자리, 직업을 구하기 전 사회생활 연습 단계 정도로 여겼다. 아르바이트 경험은 사회생활을 할 때 어떻게든 도움이 될 거라는 확신에 편의점을 시작으로 경양식, 피자가게, 카페, 바텐더, 뷔페 서빙과 주방보조, 학습지 채점 등 다양한 아르바이트를 경험했다.

가장 기억에 남는 아르바이트는 뭐니 뭐니 해도 편의점 아르바이트다. 지금도 애용하는 편의점이지만 손님과 점원의 입장별로 보는 차이는 크다. 일해보기 전엔 계산대만 지키면 되는 쉬운 일로 생각했다. 막상 점원이 되니 계산은 기본 중의 기본이고 주문한 물건 체크와 정리, 진열대 물건 정리와 재고 조사 그리고 청소까지 손님일 때는 보이지 않던 작업이 더 많았다. 작은 마트를 혼자 관리한다 해도 과언이 아니었다.

그중 가장 힘든 부분은 손님 응대였다. 편의점에 있으면 다양한 사람을 만나게 된다. 미취학 아동부터 노년기 어른까지 나이도 직업도 성격도 상황도 다양하다. 아이가 오면 아이의 눈높이에 맞춰 말해야 하고, 어르신이 오면 목소리는 크게 하고 되도록 천천히 이야기해야 한다. 자주 오는 손님의 경우엔 알아보고 기억해주길 원하는 손님이 있는가 하면 혼자 조용히 있기를 원해 말을 붙이지 않았으면 하는 손님도 있다. 친구들끼리 뭉쳐 오는 학생 손님은 물건을 사는 것보다 편의점 내 자리에 앉아 이야기 나누는 것이 목적이기도 하다. 이런 손님별 특징과 상황에 맞게 응대하는 것은 여간 어려운 일이 아니었다.

점원에게 편의점은 이렇게 오감을 곤두세우고 손님의 모든 행동을 놓치지 않고 관찰하며 지켜봐야 하는 곳이다. 그에 반해 손님은 원하는 물건을 사기 위해 편의점을 방문한다. 정당한 대가를 지불하고 물건을 사는 것이기에 점원의 친절을 당연하다 여긴다. 점원의 말투나 표정, 물건을 탁자 위에 놓는 제스처까지 자신을 대하는 자세로 받아들인다. 그렇기에 점원의 상황과 컨디션 등은 그다지 신경 쓰지 않는다. 이렇게 두 입장의 차이는 크다. 편의점 아르바이트를 하며 소극적이던 나의 성격은 상대에 따라 적절히 응대하는 방법을 익히고 임기응변도 하는 적극적인 성격으로 변해갔다.

어느 여름날 밤, 저녁 시간대 일을 하고 있었다. 지금은 편의점 내 음주가 안 되지만 그땐 음주가 가능했다. 맥주를 마시던 아저씨 한 분이 맥주 한 캔을 가지고 계산대로 왔다. 만 원을 받고 거스름돈을 내드리고 뒷손님 계산을 했다. 그런데 앞서 계산한 아저씨가 거스름돈을 안 받았다고 한다. 분명 맞게 내드렸는데 이상했다. "제대로 내드렸는데요." "학생, 나는 돈 못 받았다." 아무리 생각해도 거스름돈은 제대로 계산했다. 다시 같은 말을 건네니 "아니, 그럼 내가 받아놓고 안 받았다 한다는 기가. 이 학생 안 되겠네." 라며 큰소리쳤다. 아버지뻘 되는 어른이 큰소리치니 무서웠다. 더는 뭐라 말할 수 없었다. 아저씨가 거스름돈을 받아 가면서 상황은 마무리됐다. 밤 12시, 야간 근무조 언니가 왔다. 다리가 풀리고 눈물이 났다. 자초지종 설명을 하니 다음 날 점장님이랑 CCTV를 확인해보자 한다. 인수인계를 위해 계산서를 뽑아 몇 번을 계산했다. 아저씨에게 내줬던 딱 그만큼의 잔액이 부족하다. 아저씨가 거스름돈을 두 번 받아 갔다는 확신이 들었다. 다음 날 점장님이 보여준 CCTV엔 처음 거스름돈을 받고 뒤돌아서 다시 거스름돈을 달라는 모습이 고스란히 찍혔다. "와, 이거 꾼이네. 니가 속았다." "어, 저 아저씨 저번에도 그랬던 것 같은데. 점장님 나도 그랬던 적 있었는데 저 아저씨 같은데요." 전적이 있는 사람이었다. 억울하지만 잡을 방법이 없다 했다. 잡기는커녕 비어버린 거스름돈을 메꿔 넣는 건 내 몫이라며 책임을 일깨워줬다. 시급 1,200원으로 아저씨가 더 가져간 만큼을 메꾸려면 이틀 치를 고스란히 내놓아야 했다.

억울한 마음에 부모님에게 말했다. 당연히 내 걱정을 할 줄 알았다. 그런데 "아이고, 우리 다영이 당했네. 우짜꼬 엄마가 대신 내주까?" 말은 걱정하는 듯했지만 입과 눈은 웃고 있었다. 순간 오기가 생겼다. 이게 웃을 일인가? 속상하고 억울해서 가슴을 치고 있는데 재미있는 일이라도 생긴 듯 웃으며 말하는 게 더 속상했다. 그 순간 돈을 잃은 건 더는 문제가 아니었다. 스무 살 자존심이 움찔했다. "아니 됐다. 그거 내가 해결했다. 점장님한테 알바비에서 까라 했다."

자존심은 지켰으나 이후 받아 든 알바비 봉투는 가벼웠다. 편의점 아르바이트는 계속됐지만, 이전처럼 즐겁지 않았다. 같은 상황이 또 생길 수 있다는 생각에 손님이 들어오면 행동 관찰하기 바빴다. 그러다 보니 피로감은 배로 늘어났다. 그 경험으로 이전에는 왜 설치했는지 전혀 알 수 없었던 편의점 안쪽 반사경의 사용법을 익혔으니 나름 배운 바는 있었다.

아르바이트를 시작할 때 점장님은 많은 것을 당부했다. 물건 진열하는 방법과 창고 정리법, 재고 체크하는 법과 고객 응대법 등. 그중 제일 꼼꼼히 신경 써서 봐야 하는 게 계산이라고 몇 번이나 일러줬다. 손님이 계산이 잘못됐다며 돈을 더 받아 가는 일도 있다고 했다. 그러면서 "너거, 돈도 얼마 안 받는데 계산 잘못돼서 물어내면 억울하잖아."라는 말과 함께 계산이 잘못되면 해당 시간 업무자가 책임져야 한다는 말도 분명히 했다. 아르바이트 시작한 지 몇 개월이 지나고 초보가 아니라는 생각에 점장님의 말을 가볍게 생각해 생긴 일이었다.

무엇이든 처음 경험해보는 일 앞에서는 초보가 된다. 처음이기에 잘 몰라서 헤매기도 하고 잘하고 싶은 마음이 앞서 자존심을 세우다 실수하기도 한다. 그러나 시간이 지나면 어설펐던 일에도 익숙해지고 경력이 쌓이지만 자만심에 빠져 오히려 기본을 간과하는 일이 생길 수도 있다. 무슨 일이든 기본은 지켜가며 해야 한다. 나이를 먹으면 어른이 되지만 어른도 처음 시작하는 일에서는 초보다. 그럴 땐 그 일의 가장 기본을 지키며 해나가야 한다. 부모의 역할도 그렇다. 첫아이를 낳고는 겪는 일은 다 처음이다. 도움을 받기 위해 육아서와 육아 강좌를 보기도 하고 부모님이나 선배 부모에게 묻고 배우기도 한다. 그러다 둘째 아이를 낳으면 첫아이를 키운 경험이 경력이 되어 묻거나 배우는 자세가 사라진다. 하지만 둘째 아이는 첫아이와 다른 아이다. 완전히 다른 인격체이기에 양육 방법도 달라져야 한다. 둘째 아이를 만나면 다시 초보 엄마가 되어 첫아이를 키울 때처럼 배워가며 키워야 한다.

나이는 경력자지만 처음 시작하는 일엔 초보이니 나이를 업은 자존심 잠시 내려놓고 어린이, 초심으로 돌아가 천천히 알아가고 배워가면 좋겠다. 어른이라도 처음 시작하는 일 앞에선 어린이다.

2

조금 거리 두고 바라보면

엄마는 치킨집을 했다. 아버지가 생닭을 배달하는 중간 도매상 일을 하다 보니 엄마도 치킨집을 시작했다. 아버지의 사업자명을 그대로 붙인 '광진통닭'이었다. 지금처럼 치킨 브랜드가 없었기에 동네마다 ○○통닭이란 이름의 치킨집이 하나씩 있었다. 덕분에 세 자매는 '광진통닭집 몇째 딸'로 불렸다. 집과 가게는 부산의 유명 관광지 광안리 바닷가 바로 뒤편에 있었다. 모래사장까지 느린 걸음으로 2분도 채 안 걸렸다. 작은 골목을 지나 바닷가 모래사장에 발을 디디면 다른 세상이 펼쳐졌다.

그 시절 바다 앞 상가엔 횟집이 자리 잡고 있었다. 평소에는 한가하던 바다와 거리가 여름이면 완전 다른 세상이 됐다. 거리엔 다른 지역에서 온 사람들로 꽉 찼다. 평소 한

두 팀 손님을 받던 횟집엔 기다리는 손님들이 바깥 의자에 앉아 줄을 섰다. 파도 소리만 들리던 밤이 음악 소리와 폭죽 터트리는 소리로 요란해졌다. 사계절이 있는 우리나라 바다는 봄, 가을, 겨울과 여름으로 나뉘는 듯했다. 그만큼 '여름 바다'는 세 계절과 확연히 다른 모습이었다. 그때 단층짜리 건물에 허름한 횟집만 즐비하던 상가들은 지금 고층으로 바뀌었고 브랜드 커피숍과 유명 식당이 들어섰다. 이런 이야기를 하면 다들 부러워하며 조언을 구한다.

"와, 정말 부러워요. 광안리 바닷가는 TV로만 보는 곳인데. 난 한 번도 못 가봤어요."

"그럼 친정 갈 때마다 바닷가 가는 거예요?"

"그럼 부산에 관해 잘 알겠네요. 이번에 부산 한 번 가려고 하는데 유명한 거 말고 꼭 가봐야 하는 곳, 먹어야 하는 거 추천 좀 해줘요."

물론 부산에 살았으니 안 가본 사람보다야 잘 알겠지만, 부산을 떠나온 지 17년이 지났다. 인터넷으로 사전 조사하고 방문하는 여행객보다 더 모른다. 친정과 시댁이 다 부산이지만 명절에 내려가면 부모님들과 있다 오기 빠듯해서 마음먹지 않으면 모래를 밟아보는 호사를 누리기는 불가능하다.

바닷가에 살면, 그것도 관광지 바닷가 바로 뒤에 있는 집에 살면 색다른 경험도 제법 한다. 여름이면 해변에선 록 페스티벌이 벌어지고 계절에 따라 바다축제도 성대하게 펼쳐진다. 바다를 가로지르는 멋진 광안대교에서 펼쳐지는 불꽃 축제도 장관이다. 불꽃 축제 기간, 바다가 보이는 호텔 잡기는 하늘의 별 따기다. 이 멋진 축제와 행사를 친정집 옥상에서 볼 수 있다. 이렇게 좋은 점만 있는 건 아니다. 여름 바다는 물 반 사람 반이다. 덕분에 여름 바다의 새벽은 엄청난 쓰레기와 모래사장에 쓰러져 있는 사람이 다른 의미의 장관을 연출한다. 다른 지역 사람은 뉴스로 보는 것을 직접 본다. 아름다운 광경도 있지만 보지 말아야 하는 추태도 많이 본다. 영화에서 봄 직한 패싸움부터 애정 싸움, 폭행 사건까지 별별 사건을 다 보며 자랐다. 아이를 키우기에 좋은 환경이 아닌 건 확실하다.

우리는 배달의 민족이다. 요즘은 시간과 장소를 따지지 않고 배달이 가능한 시대다. 하지만 90년대 초중반만 해도 세 자매가 돌아가며 배달을 했다. 배달은 누구네 집 혹은 어디 슈퍼에서 어느 쪽으로 몇 번째 집, 무슨 색깔 대문 집 등 가정집 배달이 주를 이뤘다. 그러다 여름이 되면 바다에 놀러 온 사람이 배달 주문을 하고 간다. 휴대전화가 있던 시절도 아니고 해수욕장에서는 수영복만 입고 있기에 옷으로 주문자를 구분하기란 불가능하다. 방법은 "통닭 시키신 분~"을 외치며 다니는 수밖에 없다. 다행이라면 엄마가 최소한의 위치 파악은 하고 주문을 받는다는 거다. 위치 파악이라 해 봤자 어느 횟집 앞쪽 혹은 구조대원 자리 근처 등 아주 최소한의 정보지만 그게 어딘가. 전체 모래사장에서 그만큼으로 범위를 좁힌 건 천만다행이다. 거기다 옷으로 표시하고 있겠단 손님이라면 더없이 감사한 일이다. 배달 가면서 받는 정보는 그게 다다. 나머지는 앞에서도 말한 것처럼 외치고 다니는 수밖에 없다. 예민한 사춘기에 들어선 여학생이 통닭을 들고 바다를 누비며 배달을 하는 건, 수능 모의고사 성적을 전교생이 보게끔 큰 대자보 형식으로 벽에 붙여 놓는 것만큼 고통스러운 일이다. 그래도 부모님의 명령을 어길 수 없기에 안 하겠단 소리는 못 했다. 입이 댓 발이 나와도 배달은 해야 했다. 뜨끈한 통닭 봉지를 들고 엄마가 일러준 위치를 잘 되뇌며 땡볕 모래사장으로 향한다. 정보를 토대로 계산한 위치에서부터 외친다. "통닭 시키신 분~"

그렇게 서너 번 반복하면 근처에서 답이 들려온다. 지금 생각해 보면 그 시절 사람들은 참 양심적으로 살았구나 싶다. 안 시켰어도 손들 수 있었을 텐데 말이다. 하지만 엄마는 혹여나 그런 상황을 대비해 확인서 같은 걸 주문 손님에게 건네주었다. 배달이 완료되면 가벼운 발걸음이 된다. 하지만 가벼운 발걸음을 다시 잡는 사람이 있다. 배달을 지켜보던 주위 파라솔에서 주문하는 것이다. 이런 마케팅은 엄마와 아버지를 신명 나게 했다. 반면에 나는 해수욕장 개장 시기가 되면 학교와 학업을 핑계로 어떻게든 빠져나가려고 갖은 꾀를 생각해내기 바빴다. 열심히 심부름하는 언니, 동생과 다르게 별별 핑계를 대며 끊임없이 뺀질거리며 빠졌다.

관광객은 해변에서 보이는 상가 건물 바로 뒤의 모습은 잘 모른다. 일 년에 한 번 혹은 큰마음 먹고 휴가 목적으로 바다를 찾는 사람에게 그곳은 관광지 그 이상의 의미는 없다. 즐겁게 지내고 가슴 깊이 새길 추억을 만들어 주는 시간과 공간 그 이상도 이하도 아니다. 하지만 그곳이 누군가에겐 생활 터전이자 삶이다. 다시 오고 싶은 곳이 누군가에겐 얼른 벗어나고 싶은 곳일 수 있다. 여름의 바다와 겨울의 바다는 굉장히 다른 풍경을 보여준다. 평일 버스로 삼십 분이면 학교에서 집으로 올 수 있던 거리가 여름이면 한 시간도 더 걸려 결국은 버스에서 내려 걸어야 한다. 겨울밤 11시면 점멸등으로 깜빡이던 신호등과 어두운 거리가 여름이면 대낮처럼 밝아져 불야성을 이룬다. 겨울밤 어두우니 일찍 귀가하라는 아버지의 말이 여름이면 싸우는 사람들 잘 피해 가며 조심히 다니라는 말로 바뀐다. '바다' 하면 모래성과 조개, 파도 넘기와 튜브가 떠오르는 사람들은 다시 바다에 갈 계획을 세운다. 하지만 30년을 바다에서 보낸 내게 바다의 이미지는 고성방가와 싸움, 취객과 배달로 기억된다.

공간과 시간은 사람에 따라 다른 이미지와 느낌, 기억으로 남는다. 지겹도록 많이 본 바다와 그와 함께 떠오르는 나의 사춘기와 청년기는 먹고살기 바빴던 우리 부모님과 통닭 배달, 새벽 바다의 어지러운 장면을 떠올리게 한다. 그러나 그 공간과 시간을 멀리 두고 보면 기억 저편 숨겨둔 작은 조각들이 보인다. 모래사장에서 병뚜껑을 주워 돌로 펴서 딱지 만들어 치던 나, 슬리퍼 신고 방파제 위를 메뚜기처럼 뛰어다니다 바닷가에 슬리퍼 한 짝 빠뜨리고 엄마에게 등짝 맞던 나, 오후 5시쯤 바닷가 스피커에서 어김없이 흘러나오던 안내 방송에 맞춰 '국기에 대한 경례'를 하는 나. 지금도 친정집은 그 자리 그대로 있다. 집은 변화 없이 그곳에 그대로 있는데 명절마다 내려가는 부산이 이젠 어색하다. 공간은 변하고 시간은 흘러간다. 하지만 조금 거리 두고 보면 아직도 많은 기억과 추억, 소리와 냄새, 느낌과 감정이 그대로 머물러 있다. 조금 거리 두고 바라보면.

3
가족이기에 더

스무 살에 만나 첫눈에 반한 인연은 스물여덟에 남편이 되었다. 스무 살 고백은 거절당했지만 이후 프러포즈는 거절당하지 않았다. 처음 만났을 때부터 큰 용기를 냈다. 옛 여자 친구와 삼자대면까지 하며 결혼을 선택한 건 나와 정반대 성향의 그 사람이 매력적으로 보였기 때문이다.

나는 여행 계획을 잡으면 그때부터 들떠 있다. 어디를 갈 것이며, 어떤 코스로 돌지 계획을 세우는 게 우선이다. 숙소와 그날그날의 식사메뉴까지 미리 결정한다. 첫날 입을 옷과 거기에 맞는 액세서리까지 준비를 하는 스타일이다. 이벤트처럼 같이 가는 사람들끼리 드레스코드를 맞추기도 한다. 그런 준비에서 끝나지 않는다. 그렇게 준비했으면 여행을 가면 그대로 따라야 한다. 어떻게 보면 여행 기획자나

가이드를 했으면 좋았을 정도로 꼼꼼하게 준비하고 준비한 대로 움직인다.

남편은 나와 다르게 차분하다. 여행 갈 곳을 정하면 거기서 끝이다. 최소한의 준비로 여행을 시작해서 부족한 것이 있으면 현지에서 조달한다. 가고자 한 곳에 상황이 안 돼 못 간다면 다른 곳에 가는 것이 여행의 묘미라 한다. 결혼 전엔 그런 부분이 사람을 너무 여유로워 보이게 했다. 어떤 불안함도 없이 집시처럼 유유자적 다니는 것이 속세에 얽매이지 않은 자유로운 영혼처럼 보여 얼마나 멋져 보였는지 닮고 싶기까지 했다.

그런데 결혼하니 그 이유가 갈등의 원인이 됐다. 아이를 데리고 먼 길을 갈 때 바리바리 준비하고 챙기는 나와 다르게 너무 여유로운 남편은 내 속을 터지게 했다. 여행길에 미처 못 챙긴 물건이 있어 불안해서 한숨을 쉴 때면 "괜찮을 거야."라며 영혼 없이 내뱉는 남편의 말이 무책임하게 느껴져 화가 났다. 결혼 선택의 이유와 결혼 후 갈등의 원인이 같다는 건 아이러니한 일이다.

결혼은 두 사람이 좋아 한집에 사는 것만이 아니라 한 가정을 꾸리고 부모로부터 완벽한 독립을 이루는 것임을 생각하지 못했다. 결혼을 로맨스 드라마에 나오는 아기자기하고 달콤한 신혼생활로 생각했다. 언제까지고 부모님의 보호 아래 있는 자식이라 생각했지, 주말드라마처럼 양가 갈등과 부모와 자식 간의 갈등 등이 쫙 펼쳐질 줄 몰랐다. 누구도 알려주지 않았다고, 몰랐다고 탓하고 싶지만 결혼한 언니도 있었고 주위 결혼한 커플의 갈등을 보면서 마음의 준비를 할 수 있었음에도 무엇이 그렇게 좋았는지 전혀 보이지 않았다.

결혼한 지 2년 만에 첫아이를 낳았다. 첫아이는 예정일보다 늦게 나온다는 말을 믿고 기다리다 보니 일주일이나 훌쩍 넘겨버렸다. 유도분만 날짜를 잡은 날 진통이 와 자연분만으로 아이를 만났다. 나에게는 첫아이. 하지만 친정엄마에겐 셋째 손주였다. 엄마의 이른 결혼과 언니의 이십 대 초반 결혼, 바로 낳은 첫 손주로 인해 엄마는 마흔 대 초반에 할머니가 되었다. 엄마는 딸 셋을 낳은 것에 우리 세 자매가 느낄 정도로 아쉬워하진 않았다. 하지만 주위에선 아들은 하나 있어야 한다는 말을 계속해서 건넸다. "아들 하나 낳아야지."라고 말하지는 않아도 "아들이 있으면 나중에가 편할낀대." "딸만 있어 우짜노." 같은 말을 우리 세 자매가 있는 자리에서 아무렇지 않게 했다. 나중에 들으니 엄마도 아들을 바랐다. 언니가 결혼하니 아들 손주를 내심 바랐으나 언니도 예쁜 여자 조카를 둘 낳았다. 성별이 뭐가 중요할까 싶지만, 엄마의 설움을 생각하면 이해할 수 있었다. 그런 상황에 첫아이를 낳았다.

새벽부터 진통이 시작되었다. 유도분만이 잡힌 날이었기에 입원 준비는 다 되어 있었다. '진통이 시작되자마자 가면 더 힘들 수 있으니 진통을 충분히 겪고 가라'는 수많은 선배 엄마의 정보를 듣고 예약 시간에 맞춰 병원에 갔다. 그랬던 덕분인지 첫아이치고는 진통을 짧게 겪고 수월하게 낳았다. 말은 이렇게 하지만 아이를 낳는 고통이 수월하지 않다는 건 같은 고통을 겪은 사람은 다 알 것이다. 남편도 옆을 지키고 수발든다고 고생 많았으나 어디 낳은 사람에 비할 수 있겠나 싶다. 출산 후 가장 생각나는 사람은 아무래도 가족이다. 아이 낳았다는 소식에 시부모님은 한걸음에 달려오셨다. 시댁에는 첫 손주였기에 너무나 기뻐하며 봐주셨다. 그런데 친정 부모님은 그날 오시지 않았다. 당시 친정 부모님은 농장을 운영하고 계셨기에 한가하지 않다는 건 알고 있었다. 하지만 전화 통화의 첫마디는 지금도 잊히지 않는다. "아 낳았나? 뭐 낳았노? 딸? 그라믄 엄마가 내일 아빠 배달 갈 때 같이 내려갈게." 듣는 순간 의문이 들었다. '그럼 아들을 낳았으면 내려오셨을까?' 손주의 성별이 궁금해서 물어보셨을 거로 생각한다.

그러나 그날 그 순간은 일상적인 여느 날과는 다른 특별한 날이지 않은가. 산고를 겪은 만큼 몸도 마음도 약해져 있는 날이다. 몸의 회복이야 몸조리로 되겠지만 마음 회복은 시간이 지난다고 해결되지 않는다. 여자가 엄마가 되는 날, 초보 엄마도 엄마가 필요하다. 엄마가 오지 않았던 날 엄마의 자리에는 언니가 있었다. “애 낳는다고 애썼다.” 엄마가 해줬으면 좋을 말을 언니가 해줘서 눈물이 났다. 엄마가 잡아주면 좋았을 손을 언니가 잡아줘서 감사했다. 언니에겐 첫 조카인 아이를 보며 복숭아처럼 빨간 볼에 주름 하나 없이 나와 예쁘다는 이야기를 해줘서 기뻤다. 첫 조카니 예뻐 보이겠지만 예정일보다 열흘이나 더 있다 나오면서 3.81kg을 기록했으니 주름이 없이 나온 건 맞다. 언니는 그렇게 언니로서 이모로서 엄마로서 나의 곁을 지켜줬다. 엄마가 있었으면 좋았을 그 자리에 언니가 있어서 감사했다. 부모님이 해줄 보호와 말, 표현을 언니는 충분히 하고 더 해줬다. 하지만 언니는 부모님의 역할을 할 뿐 부모님이 될 수는 없기에 부모님의 부재가 주는 서운함과 섭섭함은 그대로 남았다. 이튿날 부모님은 아주 잠깐 병원에 들러 환하게 웃으며 한마디 말을 남기고 갔다. “아 낳는다고 고생했

네.” 무뚝뚝한 분들이라 세심한 표현까지 바라진 않았지만, 생각보다 더 짧게 있다 가는 게 못내 서운했다.

가족관계는 복잡 미묘하다. 혈연으로 맺어지기도 하고 입양 등의 절차를 거쳐 가슴으로 맺어지기도 하는 끈끈한 관계다. 가족은 타인과 비할 수 없을 정도로 깊고 진한 사이이기에 내가 무엇을 하든 이해해 줄 거로 생각하기도 하고 그래야 한다고 여기기도 한다. “가족이니까.”라는 말은 이해, 용서, 편함 등 많은 의미를 지닌다. 그래서 타인에게 하지 않는 실수로 가족 사이가 틀어지기도 한다. 가족이라도 갈등이 생기면 각자의 입장에서 판단하기에 해결도 화해도 쉽지 않다. 만약 내가 좋아하는 과일을 다른 사람과 함께 나눠 먹는데 한 개가 남았다. 함께 있는 상대가 타인이면 더 먹을 건지 혹은 내가 먹어도 되는지 의사를 물어보거나 배려의 의미로 양보할 수 있다. 하지만 상대가 가족이라면 내가 좋아하는 걸 아니까 당연히 내게 양보해주거나 내가 먹는 걸 이해해 줄 거로 생각한다. 그날 엄마가 내게 관심이 없었던 건 아니었다. 농장 일로 바빴고 내게 전화도 했다. 그런데도 서운하다 느낀 건 내가 원하는 자리에서 내가 원하는 표현을 보여주지 않아서다. 내 처지에서 내 식대로 생각하고 해석했기에 서운하다 느낀 것이다.

가족이라고 다 이해할 수는 없다. 다 이해해야 하는 것도 아니다. 서운할 수 있다. 섭섭할 수도 있다. 감정은 당연히 느껴지는 것이기에 부정할 수 없다. 안 좋은 감정을 가진다고 해서 죄책감을 느끼거나 잘못된 가족이라고 생각할 필요도 없다. 가족 또한 한 사람 한 사람이 모여 있기에 오해로 갈등이 생기는 건 당연하다. 다만 편안하고 안정적인 가족 사이를 원한다면 가족이라고 무조건 이해하고 희생하기를 기대하거나 강요하지 않아야 한다. 가족이기에 더 당연하다 말하거나 내 방식대로 표현해 주기를 원하지 않아야 한다. 가족이기에 더 설명하고 이해하려는 노력이 필요하다. 가족이기에 더.

4
익숙함의 역설

결혼 후 남편과 자녀계획에 관해 이야기를 나눴다. 자녀 수는 둘 아니면 셋. 나이 터울은 네 살 이상이 적당하다는 의견을 냈다. 어린 시절을 떠올리면 두 살 터울인 언니와 네 살 터울인 동생 사이에서 제대로 사랑받지 못했다는 느낌이 먼저 든다. 언니와는 두 살 차이기에 나는 매번 다음으로 밀렸다. 네 살 차이가 나는 동생은 늦둥이처럼 사랑을 듬뿍 받았다. 유치원도 막내만 졸업했으니 고등교육까지 비교하면 세 자매 중 가방끈이 가장 길다. 형제자매 사이도 사랑을 더 받고 싶은 마음에 서로 경쟁하고 시샘한다. 부모님이 나를 사랑하지 않은 건 아니지만 언니나 동생에 비해 계속 다음으로 밀려나는 느낌이었다.

내 아이는 한 명이 됐든 세 명이 됐든 사랑받는다고 느끼는 아이로 키우고 싶었다. 부모가 되고 보니 아이가 사랑받았다 느끼는 건 나이 터울 때문이 아니라는 것을 알게 되었지만, 초보 부부가 하는 자녀계획에 영향을 미치는 건 자신의 경험이니 나름 최고의 계획이었다. 둘째를 낳고 그건 나의 잘못된 생각이라는 걸 확인할 수 있었지만 말이다. 계획대로 첫째와 네 살 차이를 두고 둘째를 낳았다. 4년 동안 외동으로 충분한 사랑을 받았으니 동생에게 샘을 내지는 않겠구나 생각했는데 아니었다. 도연인 동생이 생기니 자신도 젖병에 물과 주스를 달라는 둥 업어달라는 둥 퇴행적 행동을 보였다. 동생이 생긴 아이에게 일반적으로 나타나는 행동이지만 그땐 남편과 내가 잘못 키워 그러나 싶어 자책했다. 어린 시절 느꼈던 서운함을 느끼지 않게 하려 네 살 터울을 둔 것이 다 부질없게 느껴졌다. "애는 키울 때 비슷하게 낳아 키워야지 너무 터울 지면 힘들어요. 그렇지 않아요?" 옆에서 이런 훈수라도 들리면 네 살 차이로 둘째 낳은 것을 후회했다.

아무리 많은 아이가 있어도 내 아이는 단번에 보인다. 그 속에서 아이가 다른 모습을 보이면 그렇게 당황스러울 수가 없다. 첫째 도연이가 초등 4학년 때 일이다. 4월경에는 학부모 참관수업이 있다. 그해도 어김없이 가려 하는데 전

날 아이가 묻는다.

"엄마, 내일 올 거야?"

"가야지."

"안 와도 되는데. ○○이 엄마는 안 온다는데…."

"왜? 안 갔으면 좋겠어?"

"내일 선생님이 다 발표시킨다는데 난 진짜 하기 싫거든."

전날 나눈 이야기가 맴돌았지만 설마 무슨 일이야 있겠어 하는 마음으로 학교로 갔다. 다들 자녀 모습 쫓기에 바빴다. 나도 도연이와 눈이라도 마주치려 까치발을 들어봤지만, 한번을 안 돌아본다. 엄마가 온 건 아는지, 궁금하기는 한 건지 못내 서운했다. 선생님의 인사와 함께 수업이 진행되었다. 드디어 도연이가 이야기하던 발표 시간이 돌아왔다. 이런 상황에 부모가 기대하는 자녀의 모습은 손을 번쩍 들고 발표하는 적극적인 모습이다. 아니나 다를까 적극성을 보이는 아이들이 제법 보인다. 발표를 끝내고 부모를 찾아 씩 웃는 모습에서 '나 잘했지.'라는 의미가 느껴졌다. 시간이 지나도 도연이는 발표할 기미가 보이지 않았지만 애써 괜찮은 척했다. 수업 시간이 얼마 남지 않아 전체를 발표시킬 것 같지 않았다. 도연이의 걱정이 해결되는 듯해 내심 다행이라 생각했다. 그런데 선생님이 발표 안 한 아이를 한 명 한 명 확인하고 발표를 시킨다. 괜찮을까 걱정되기도 하고 이 난관을 어떻게 헤쳐 나갈까 궁금해지기도 한다. 수업 시간을 5분 남겨두고 발표 안 한 아이가 두 명 남았다. 도연이와 한 아이. 선생님이 도연이에게 먼저 발표를 권했다.

"도연이가 적은 거 발표해 볼까?"

"안 하고 싶은데요."

순간 내 귀를 의심했다. '뭐지? 내가 잘못 들었나?' 그때의 덜컥하고 놀란 마음이 아직도 생생하다. 다른 부모들의 수군거리는 소리가 들리고 나도 모르게 얼굴이 빨개졌다. 선생님은 다시 한번 발표를 권했다.

"아까 선생님이 지나가면서 적는 거 봤는데 그거 읽으면 돼. 해 볼까?"

"안 하면 안 돼요?"

"정말 하기 싫으면 안 해도 돼. 안 하고 싶어?"

선생님의 마지막 물음에 다시 한번 안 하고 싶다고 말하는 도연이를 보며 걱정이 앞섰다. 학교생활을 하며 친구 사이에 문제는 없는지, 문제아로 찍혀있는 건 아닌지 온갖 생각에 머리가 어지러웠다. 쉬는 시간에 선생님을 찾았다. 죄송스럽고 걱정되는 마음에 뭐라도 도연이를 대변하는 말을 해야 할 것 같아 조바심이 일었다. 내 마음을 눈치챘는지 선생님이 먼저 말을 건넨다.

"어머니, 도연이가 발표하는 걸 좀 쑥스러워해요. 그런데 친구들과는 이야기 잘하고 하니까 걱정 안 하셔도 돼요."

안도의 숨이 쉬어졌다. 만약 선생님이 도연이가 보인 행동에 대한 걱정과 염려가 가득한 말을 했다면 어땠을까? 아마 도연이의 학교생활과 사회성을 걱정하며 소심한 성격을 바꿔주기 위해 뭘 해야 할지 고민하고, 아이의 미래를 걱정하며 한숨만 늘어갔을 것이다. 아니 그런 장기 프로젝트를 계획하기 이전에 반 아이들과는 다른 반응을 보인 도연이에게 걱정 가득한 잔소리를 늘어놓았을 것이다. 그랬다면 이후 도연이와 나의 관계는 불 보듯 뻔하다. 점점 대화가 사라져 갔을 것이다. 초보 엄마이기에 아이를 키우면서 고민이 생기면 선배 엄마에게 도움을 구한다. 선배 부모의 말은 초보 부모에게 지대한 영향을 미친다. 나에게 선배는 언니다. 아이 일로 이것저것 물어볼 가장 편한 상대가 언니였기에 정말 사소한 거 하나까지 전화로 상담했다. 그러면 대부분 이 한마디로 끝났다.

"그 나이 애들은 다 그렇다."

꼭 요리하다 막혀 엄마에게 전화하면 적당히 대충하라

는 말과 같지만 분명 위안은 된다. 참관수업 일도 언니와 상담에 들어갔다. 지금은 이해해 주는 선생님을 만나 다행이지만 그렇지 않은 선생님을 만나면 버릇없는 행동으로도 보일 수 있기에 또 그러면 나는 부모로서 어떤 도움을 줘야 하는지 도움을 구했다.

"도연이 억수로 용감하네."

이모로서 조카를 좋게 생각하고자 나온 말일 수 있다. 그러나 거절하는 것도 용기가 필요한 것으로 생각지 못했다. 어쩌면 발표하는 것보다 더 큰 용기가 필요했을 수 있다. 아이를 잘 안다 생각했는데 언니의 말을 듣는 순간, 쉬는 시간에 마주한 도연이의 촉촉한 눈이 떠올랐다.

많은 시간을 함께 보냈다고 그 사람을 다 아는 건 아니다. 같은 일을 계속한다고 더 잘해지는 것도 아니다. 시간이 주는 익숙함은 편안함과 자신감을 주지만, 변화를 두려워할 수 있고 관점이 다양화되지 못할 수 있다. 도연이는 사춘기를 겪으며 성장 중이고, 자신의 의견을 말하기 위해 눈물을 머금으며 용기를 냈다.

아이는 자신의 스타일과 속도로 성장해 나가고 있는데 아이는 부모가 가장 잘 안다는 자신감과 착각에 빠져 내가 원하는 방향으로 도연이를 해석하고 변화시키고자 했다.

부모로서의 기대와 다른 사람의 시선이 무서워 아이가 자신만의 속도와 방법으로 성장하며 변화하는 것을 알아차리지 못했다. 아이의 행동이 어떻게 비칠지 어떤 평가를 받을지만 생각하고 아이가 느낀 불안함이 어느 정도인지 관심 가지지 못했다. '학생이라면 이렇게 해야 한다'는 익숙한 인식과 관점에 머물러 제대로 보지 못했다. 사랑을 듬뿍 주며 키우고 싶었다. 사랑받았다는 기억을 가진 아이로 크길 바랐다. 그러기 위해 노력했고 지금도 노력하고 있다. 사랑은 변하지 않지만, 그 표현법과 형태는 아이의 성장에 맞춰 변해야 한다. 더 잘 알아가고 더 잘하고 싶으면 익숙함에 머물지 말고 변화에 발맞춰 끊임없이 노력해야 한다. 그래야 익숙함에 발목 잡히지 않을 것이다.

5

갈등은 결과가 아니라 과정

"엄마, 선생님이 이거 주셨는데."

초등 3학년 올라간 둘째 정윤이가 안내문 한 장을 건넨다. 학년 초라 학사일정공문과 방과후교실 안내장 등 하루가 멀다고 안내장을 가져오던 터라 별생각 없이 받았다. 정말 아무 생각 없이 받아 펼쳐 든 안내장엔 놀라 입을 다물 수 없는 내용이 적혀 있었다. 가정폭력 관련 부모 상담이 필요하다는 내용이었다. 놀라서 안내장 글을 읽고 또 읽었다. 수많은 생각과 질문이 머리를 내리치며 지나갔다. '가정폭력?' '우리 아이가?' '내가 아이를?' 도대체 왜 내가 이 안내문을 받아 읽고 있는 건지, 내가 뭘 먼저 해야 하는 건지 어떤 생각도 나지 않았다. 잘못 가지고 온 거 아닐까 하는 생각에 정윤이에게 가서 물었다.

"정윤아, 선생님이 이거 왜 주셨어?"

"몰라. 그냥 엄마 갖다 주라고 하시던데."

"그럼 이 안내장 너희 반 아이들 모두에게 주셨어?"

"아니."

또 한 번 가슴이 '쿵' 하고 내려앉는다. '그럼 진짠데. 내가 뭘 했지?' '우리 무슨 일이 있었지?' '내가 때렸나?' 줄줄이 소시지처럼 생각과 걱정과 의문이 꼬리에 꼬리를 물고 계속 이어진다.

"정윤아, 그럼 정윤이 혼자만 받아 온 거야? 선생님이 너만 불러서 주신 거야?"

"아니, 내 앞에 앉은 ○○이랑 같이 오라고 해서 주셨어."

한숨이 나왔다. 모든 아이에게 주는 단체 안내장이기를 바랐는데 정말 상담이 필요하다는 의미였다. 안내장을 받아 온 이상 선생님을 만나 봬야 했다. 담임선생님을 처음 뵙는 일이 가정폭력상담이라니 앞이 캄캄했다. 급히 머리를 굴렸다. 이 상황을 어떻게 해야 할까, 도움을 받을 수 있는 사람이 누구지? 누구한테 얘기해야 하지?' 남편에게 문자를 보냈다. 놀라고 어떻게 해야 할지 모르기는 남편도 마찬가지였다. 그때 떠오른 사람이 아이 학교 도서관 사서 선생님이다. 첫째와 둘째가 같은 초등학교이기에 학교 도서관에 자주 들렀다. 이 말을 하면 백이면 백, 모든 사람이 아이가 도서관에 자주 가는 걸로 오해한다. 전혀 그렇지 않다. 학교 도서관에도 부모님과 선생님을 위한 성인 도서가 많이 있기에 내가 읽을 책을 빌리기 위해서 자주 갔다. 그렇게 친해진 사서 선생님에게 도움을 구해보기로 했다.

"선생님, 정윤이가 담임선생님께 가정폭력 상담안내장을 받아왔어요."

"정윤이가요? 왜요? 으하하하."

나도 사서 선생님처럼 웃을 수 있으면 얼마나 좋았겠느냐만 부모 된 처지에선 웃음이 나지 않았다. 얼마 전 학교에서 가정폭력 예방 교육이 있었다 한다. 아마 그 시간에 아이가 무슨 얘길 하지 않았을까 하는 생각이 들지만, 정확히 알려면 담임선생님께 물어보는 게 가장 빠를 거란 답이 돌아왔다. 그러면서 별일 아닐 거라며 걱정하지 말라는 위로의 말을 건넨다. 두근거리는 가슴을 안고 담임선생님과 상담을 했다. 인사를 건넬 때도 가정폭력을 일삼다 걸린 죄인처럼 목소리가 떨리고 무슨 말을 어떻게 해야 할지 생각이 나지 않았다. 걱정 가득 안고 갔는데 의외로 선생님은 차분한 음성으로 받아주신다. 최근 가정폭력에 관한 교육을 진행하고 관련 동영상을 시청했다 한다. 교육이 끝나고 마지막으로 질문을 했다.

"자, 영상 다 봤으니 가정폭력이 뭔지 이해되죠. 그럼 다들 눈 감으세요. 눈 뜨지 말고 영상에서 본 걸 떠올려 보세요. 그리고 영상에서 본 것 같은 경우를 나도 겪어봤다 생각되는 친구는 조용히 손 드세요."

한 명이 손을 들었다. 정윤이 앞에 앉은 친구였다. 그리고 조금 뒤 정윤이가 손을 들었다. 아이들이 손을 들었으니 선생님으로선 상담안내문을 보내고 부모 상담하는 게 당연했다. 그렇다고 담임선생님이 바로 안내장을 보낸 건 아니었다. 정윤이에게 영상에서 본 것처럼 부모님이 그렇게 했냐고 물었다. 아니라는 답이 돌아왔다. 그 말을 듣는데 안도의 숨이 절로 쉬어졌다. 머리와 눈이 맑아지는 느낌이었다. 그러면 도대체 왜 손을 들었는지 궁금하여 물어보니 눈을 감고 손을 들라고 하는데 시간이 너무 길어 살짝 눈을 뜨니 앞자리 친구가 혼자 손을 들고 있더란다. 혼자 손을 들고 있어 자기가 같이 손을 들어줘야겠다 싶었다 한다. 집에 돌아와 정윤이에게 다시 물어보니 선생님께 들었던 말을 그대로 한다. 손을 든 의미를 설명해주며 그래서 선생님을 만나고 왔다는 이야길 들려주니 그런 건 줄 몰랐다 한다. 상황에 관한 이해가 부족함을 탓해야 하는지, 친구를 생각하는 마음을 잘했다 칭찬해줘야 할지 정말 웃어야 할지 울어야 할지 헷갈렸다. 다음에 가정폭력예방 교육을 받을 땐 곰곰이 생각해 보고 손을 들라고 했다. 말을 하면서 '아이가 폭력이라 느끼고 얘기할 수 있는 권리를 막는 건가?' 하는 생각을 했지만, 내가 범죄자로 몰리지 않고 볼 일이었다.

무척이나 당황스러운 상황이 있다. 당황스럽다는 건 표준국어대사전에 의하면 '놀라거나 다급하여 어찌할 바를 몰라 하는 데가 있다.'란 의미를 지닌다. 예측할 수 없었고, 일어날 거로 생각지 못한 상황이기에 놀라고 어찌할 바를 모를 수밖에 없다. 그렇기에 상황이 일어난 원인을 객관적으로 차분히 생각하기 어렵다. 나의 행동을 의심하고 아이와 보낸 시간과 상황을 기억나는 만큼 다 돌아보며 합리화하고 정당화했다. 그러고 나서도 담임선생님께 연락하지 못하고 아이를 심문하듯 계속 질문하고 도움 줄 수 있는 사람을 찾아 헤맸다. 친구를 위한 마음이 만든 상담인 걸 알게 된 건, 없던 걱정과 갈등을 만들고 다 겪고 난 이후였다. 상황이 일단락되고 보니 이런 생각이 든다. 내가 나를 못 믿나? 내가 내 아이를 못 믿나? 지금 아이와의 관계에 문제가 있다고 생각하나? 내가 나를 믿고 아이를 믿고 선생님을 더 믿었다면 갈등을 만들어 겪지 않아도 될 일이었다. 내가 나와 아이를 믿었으면 결과로 가는 과정의 갈등으로 받아들일 수 있다. 아이는 성장하는 과정 중에 있다. 우리의 삶도 살아가는 과정 중에 있다. 아이와의 관계에서 생기는 갈등 또한 결과가 아닌 성장 과정 중 하나다. 갈등을 해결했을 때 비로소 결과에 다다른다. 갈등에 매여 결과로 나아가야 한다는 것을 잊어선 안 된다. 갈등은 해결하면 될 일이다. 그렇게 해결된 갈등은 든든한 밑거름이 되어 더 큰 성장이라는 결과로 보답할 것이다.

6
나 또한 변한다

나의 독립은 어른이 되어, 그것도 결혼으로 가정을 꾸렸을 때 허락되었다. 내 의지와는 무관하게 남편의 근무지를 따라 이루어졌다. 결혼 전 독립은 여자라서, 딸이라서, 세상이 험해서 절대 허락되지 않았다. 세상이 험한 만큼 딸도 강하게 컸는데 부모님은 그렇게 생각하지 않았다. 부산에서 30여 년을 살다 첫애를 낳고 남편의 이직으로 부모님의 품과 부산으로부터 멀어졌다. 혼자 독립은 절대로 안 된다더니 남편 따라가는 이사는 당연하게 여겼다. 혼자 보내는 게 아니라 안심되어서일까? 남편이라는 보호자가 있으니 든든해서였을까? 어른으로 가정을 꾸렸으니 당연하다 생각해서였을까? 부모님의 정확한 마음은 모르겠다. 혼자가 아니라 함께하는 상대가 있으면 독립할 수 있다는 조건이었다면 동거도 가능했을까 하는 생각을 해 보지만 부모님 사전엔 가당치도 않은 일이다.

부산에서 네 시간 정도 걸리는 경기도는 분명 같은 나라지만 많은 것이 달라 다른 나라로 온 것 같았다. 첫째로 날씨가 그렇다. 12월 31일, 그해의 마지막 날 이사를 했다. 이사 온 날 눈이 내렸다. 이사하는 날 비나 눈이 오면 부자가 된다고 말한다. 날이 궂은 이유를 좋게 생각하기 위해 하는 말이겠지만 이사하는 사람에게 긍정적이니 좋은 말이다. 부산에서 30년을 살았어도 눈을 본 적은 세 번 정도다. 바닷가 근처에 살았기에 "눈 온다."란 말에 나가서 내리는 눈을 보고 손뼉이라도 치려면 눈은 어느새 땅과 바다에 닿아 녹아버렸다. 초등 3학년쯤인가 정말 눈이 쌓일 정도로 많이 온 적이 있었다. 생전 처음 쌓인 눈을 밟아봤다. 신발 젖을 걸 걱정한 엄마는 부츠 대신 장화를 신겨 내보냈다. 장화가 너무 추워 발가락이 시렸다. 얼마나 기념할 만한 날인지 사진으로 남겨놓기도 했다. 따뜻한 부산에선 스노체인은 구경하기 힘들고 사고를 대비하는 제설 장비 또한 제대로 갖춰져 있지 않다. 몇 년 전 언니에게 전화가 왔다. 부산스런 소리로 부산에 눈이 온다며 일하고 싶지 않은 날이라고 했다. 눈이 많이 와 휴교령이 내려져 아이들도 등교를 안 했

다 한다. 그런 환경에서 살다가 경기도로 오니 놀라웠다. 겨울에는 눈이 온다. 눈이 발목 이상 쌓여도 조심하며 학교에 간다. 누군가에겐 당연한 것이 누군가에겐 신기한 경험이다.

둘째는 문화였다. 내가 사는 곳은 경기도 중에서도 충청남도와 맞닿은 평택 끝자락이다. 집에서 자동차를 이용해 서울을 가려면 한 시간 삼십 분이 걸린다. 반면 천안을 가려면 삼십 분이면 충분하다. 17년 전 이사 왔을 땐 지금보다 더 개발되지 않은 상황이었다. 아파트가 여기저기 지어지고 있었고 편의점도 시내에 한두 곳이 전부였다. 대형마트에 가려면 차를 타고 삼십 분을 가야 했다. 버스도 아파트 입구에 한 시간에 한 번씩 오는 정도라 버스정류장에는 버스 시간표가 붙어 있었다. 부산에서는 대중교통을 이용했고 남편은 회사 셔틀버스를 이용했기에 이사 와서도 굳이 차가 필요치 않았다. 아는 사람이 없어 누군가를 만나러 갈 일도 없고 아이도 어려 갈 곳도 없었기에 자가용이 없었다.

겨울이 지나고 늦봄 어느 날, 처음으로 아이를 데리고 읍내로 나갔다. 논밭 길과 구시가지를 지나 유일하게 있는 파리빵집에 들렀다. 오랜만에 먹어 보는 빵에 도시 맛이 느껴졌다. 읍내도 논밭 사이에 있는 아파트 생활에 비하면 볼거리가 많다. 아이를 데리고 한참을 걸으며 다녔더니 되돌아 갈 힘이 남아있지 않아 택시를 타기로 했다. 길에 서서 한참 택시를 기다리는데 그냥 지나친다. 아무리 손을 들어도 세워주지 않는다. 정오가 지나가는 시간 그늘 하나 없는 길가에 서 있자니 흐르는 땀에 아기 띠 앞뒤가 다 젖었다. 아이 점심 먹일 시간도 다가오고 버스 시간도, 노선도 몰라 버스를 탈 수도 없었다. 아이를 데리고 삼십 분 이상 서 있자니 난감했다. 파리빵집에 다시 들어갔다.

"저기 여쭤볼 게 있는데요. 밖에서 손을 들어도 택시가 서지 않아요. 왜 그럴까요?"

"이사 오셨어요?"

이사 온 지 얼마 안 됐다고 하자 그제야 알겠다는 표정으로 이것저것 알려준다. 버스는 버스터미널로 가야 탈 수 있다. 모든 택시는 콜택시로 운영되기에 세워 달라 손을 들어도 서지 않는다. 택시를 타려면 택시 종점까지 가야 했다. 버스터미널도 택시 종점도 어딘지 몰랐다. 어떻게 해야 할까 고민하고 있는데 주방에서 나온 분이 집에 가는 새로운 방법을 알려준다.

"아기 엄마, 여기서 빵 샀으니 빵을 더 살 수는 없으려나?"

"저기 오른쪽 길로 조금만 올라가면 빵집이 하나 있어요.

신라제과라고. 거기서 빵을 사면 금액에 따라 목적지까지 태워줘요. 빵차로."

신기했다. '빵차'라는 말도 처음 들어봤고 빵을 사면 목적지까지 차를 태워준다는 말도 처음 들었다. 궁금해서 알려준 신라제과를 찾아가니 가게 앞에 '빵을 사면 차를 태워드립니다.'란 안내문이 붙어 있다. 가게에 들어가 아파트까지 가려면 빵을 얼마나 사야 하냐고 물어보니 5천 원어치 사면 태워다 준단다. 밖에 세워진 신라제과라고 적힌 봉고차가 눈에 들어왔다. 순간 한번 타 볼까 하는 생각도 했지만 파리빵집에서 물으며 쉬는 동안 에어컨 바람에 땀도 식고 기운도 충전되어 걸어가기로 했다. 본심은 봉고차를 타는 게 못내 불안해서 그렇게 결정한 거지만 절대 티 내지 않고 열심히 걸어 돌아왔다. 빵차를 처음 안 날, 여기저기에 전화해 이런 것도 있다고 입에 침을 튀기며 얘기했다. 시골이라 신기한 게 많다며 다들 박장대소하며 웃었다. 한참 후 이곳 터줏대감 지인에게 빵차에 관해 물었다. 빵집이 생기면서 바로 생기진 않았다고 한다. 시골이라 대중교통도 자주 다니지 않는데 이동 거리는 먼 동네라 노인들의 이동에 조금이라도 도움이 될까 싶어 만들어진 서비스였다. 빵차가 생긴 이유를 알고 나니 웃으며 얘기 나눈 게 괜스레 무안

해졌다.

겨울, 눈, 빵, 차. 처음 듣고 보는 것들이 아닌데 낯설게 느껴진다. 이사 전에도 겨울을 보내고 눈을 본 경험이 있다. 빵집도 처음 가는 곳이 아니다. 하물며 부산에도 신라제과라는 빵집이 몇 군데 있다. 봉고차는 수도 없이 봐 왔다. 그런데 이사를 오니 익숙했던 것들이 낯설게 느껴진다. 삶의 터전이 바뀌니 그것이 가진 의미도 바뀌었다. 스웨터와 코트면 충분히 따뜻했던 겨울이, 부츠와 패딩 잠바와 내복을 입어야 하는 겨울로 바뀌었다. 매년 기다림의 대상이었고 어쩌다가 보기라도 하면 낭만 가득 느껴졌던 눈이, 오고 나면 질퍽거리는 길로 바뀌고 사고가 날 수 있는 원인이 되기에 반갑지 않은 눈이 되었다. 빵을 사기 위해서만 간 빵집은, 목적지까지 차를 타고 가기 위해 빵을 살 수도 있는 곳이란 걸 알게 되었다. 새로운 곳에 가면 지리와 날씨, 주거 형태 등 나를 둘러싼 변화된 환경에 적응해야 한다. 환경에 적응했다고 잘 살아지는 것도 아니다. 거기에 발맞춰 문화에도 적응해야 한다. 사람을 만날 때도 마찬가지다. 그 사람의 외모와 행동, 성격 등 처음 보는 것들에 적응해야 한다. 그런데 그 적응이라는 것이 힘들다. 시간이 지난다고 다 익숙해지는 것도 아니다. 장소든 사람이든 시간이 감에 따라 변하기 때문에 익숙해진 듯하면 다시 처음 보는 모습들이 보인다. 그곳에 혹은 그 사람과 친해졌다 느끼려면 관찰하고 알아보는 시간과 노력이 필요하다. 무엇이 변하는지 관찰하고 왜 그렇게 변했는지 원인을 알아보는 노력이 필요하다. 새로운 것에만 낯섦이 느껴지는 것은 아니다. 오래 보아온 것, 잘 알고 있다 생각하는 사람에게도 낯섦이 느껴질 때가 있다. 그럴 땐 상대에게 원인이 있을 수도 있지만 내가 변하며 낯설게 보고 있지는 않은지 자신의 모습을 바라보는 노력도 필요하다. 모든 것은 변하기 마련이고 그 모든 것엔 자신도 들어간다. 나 또한 변한다.

3장

공부,
참 많이도 했다

초등 6년, 중등 3년, 고등 3년, 대학 2년. 학교에서 배운 시간만도 14년이다. 뭐든 14년을 배우면 전문가를 넘어서 장인이 되고도 남을 시간이다. 그런데 '뭘 배웠지?' 하는 생각이 든다. 분명 개근상을 탈 정도로 빠짐없이 학교에 다녔는데 딱히 배웠다고 자신만만하게 얘기할 만한 것이 없다. 영어만 봐도 8년을 배웠으면 일상 회화는 가능해야 하는데 지금 영어 능력을 보면 전혀 그렇지 않다. 꼭 영어가 아니라도 기억에 남는 공부가 없다. 열심히 하지 않아 이렇게 얘기하는 걸 수도 있겠지만 좀 억울하기도 하다. 왜 성적 매기는 공부만 해야 했을까? 시험을 위한 공부 말고 다른 것도 배우면 얼마나 좋았을까. 지금은 혁신학교나 대안학교 등 다양하게 교육의 변화를 추구하니 다행이라는 생각이 들지만, 입시제도가 바뀌지 않는 한 지금 학생들도 나와 같은 생각을 할 것 같아 씁쓸하기도 하다.

"배우는 것도 다 때가 있다."라는 말이 있다. 학생일 때 선생님과 부모님을 포함한 어른에게 그와 비슷한 말을 수시로 듣는다. "학교 다닐 때가 좋을 때다." "공부도 어릴 때 해야지, 나이 들면 그것도 안 돼." "학생은 공부만 하면 되는데 뭐가 힘들어." 그땐 공부가 힘들게 느껴졌기에 어른이 하는 말을 잔소리로만 들었다. 어른이 되니 학교 다니면서 공부하는 것이 좋을 때라는 걸 알게 됐다. 나이 들어 공부하니 공부해도 머리에 남는 것은 반도 안 됐다. 그 순간 공부도 어릴 때 하는 게 좋다는 것 또한 진실이라는 것에 공감했다. 그래서일까 지나가는 길에 교복 입은 학생이 보이면 예전에 내가 들었던 말을 속으로 되뇌는 나를 발견하곤 한다. 이해하면 공감할 수 있다. 하지만 이해를 통한 공감은 한계가 있다. 진정한 공감은 같은 경험을 한 사람이 하는 공감이다. 같은 경험, 같은 처지에 있는 이가 하는 공감은 말로 표현하지 않아도 힘이 된다.

"배우는 것도 다 때가 있다."라는 말을 지금은 다른 의미로 공감한다. '때'는 나이가 아니라 하고 싶은 시기이자 타이밍이다. 공부를 그다지 좋아하지도 않고 잘하지도 못하던 난, 마흔 살이 훌쩍 넘은 지금도 공부하고 있다. 그땐 그렇게 하기 싫었던 공부가 지금은 재미있다. 내가 원하는 것을 원하는 방법으로 배우니 이렇게 즐거울 수가 없다. "우리 집에서 자기가 제일 공부 열심히 해. 우리 집엔 학생이 셋이야." 남편이 하는 말에 웃음이 나면서도 '공부할 때'를 만난 지금을 놓칠 수가 없다. 내 목표는 우리 집 학생을 넷으로 만드는 것인데, 남편을 학생으로 만들기가 하늘의 별 따기만큼이나 힘들다. 그래도 내가 읽어주는 책을 들어주고, 의견을 물으면 피하지 않고 토론하기도 한다. 서점에 가서 올해 읽을 목표로 아주 두꺼운 책을 선택하는 걸 보면 남편도 학생의 반열에 오른 듯하다.

1
공부를 시작하는 동기

30년 동안 살던 고향을 떠나 아는 사람 한 명 없는 새로운 터전에서 생활하면서 가장 절실한 건 얘기 나눌 사람이었다. 아이는 어려서 말이 통하지 않았고 남편은 아이와는 다른 의미로 말이 통하지 않아 허전했다. 그럴 때 필요한 건 비슷한 처지에서 내 입장을 공감해 줄 수 있는 누군가다. 아이가 어린이집을 다닌다면 어린이집 엄마들과 만나지만 그렇지 않을 땐 무언가를 배우면서 사람을 만나거나 밖에 다니며 지나치는 아기 엄마들과 얘기 나누는 게 최선이다. 사람을 만나기 위해 두 번째 방법을 택했다. 다행히 공원이 가까이 있어 날씨가 좋을 때면 아이를 유모차에 태우거나 아이와 함께 걸어서 공원을 찾았다. 공원엔 아이를 데리고 나온 엄마들이 많았다. 도연이에게 친구를 만들어주고 싶어 부지런히 다녔다.

그날도 점심을 먹고 공원으로 나섰다. 벤치에 앉아 있으니 안면이 있는 몇몇 엄마가 먼저 인사를 건넨다. "이 지역 분이 아니신가 봐요?" 사투리 억양이 들리니 물어볼 수 있지만, 첫인사치고는 편하지 않다. 답을 하면서도 뭔가 잘못한 사람처럼 위축됐다. 불편한 마음이 풀리기도 전 이상한 질문이 이어진다. "그럼 아이 아빠가 야간 조예요? 주간 조예요?" 아이 아빠는 계속 주간에 일한다고 하자 어느 회사에서 근무하는지 묻는다. 회사명을 얘기하자 탐탁지 않은 눈빛으로 인사를 하며 돌아선다. 무슨 상황인지 이해되지 않았다. 나에게 말을 건네면서 왜 아이 아빠 회사를 물어보는 건지. 찝찝한 마음에 남편이 돌아오기를 기다렸다 물었다. 근처 공단에 자동차 회사, 자동차 부품 생산 업체 등에 3교대 근무로 지역 사람 80% 정도가 다니고 있다 한다. 그래서 근무조별로 친분을 쌓고 비슷한 생활을 한다. 생활 방식이 비슷한 같은 회사 사람들끼리 어울리기에 굳이 다른 회사 사람들과 만나기를 원하지 않는다고 한다. 그제야 그 엄마의 물음과 반응이 이해됐다. 공원에서 사람 만나기는 포기했다.

나와 도연이가 중심이 되는 관계가 필요했다. 어떤 방법

으로 사람을 만날 수 있을까 고민했다. 먼저 어떤 사람을 만나고 싶은가를 고민했다. 어른들 사이에 도연이가 끼는 느낌이 아니라 도연이도 편하게 함께 만날 수 있는 만남이면 좋겠다 싶었다. 그럼 도연이를 데리고 편하게 할 수 있는 걸 찾아야 했다. 거기에 즐겁기까지 하다면 금상첨화다. 생각하다 보니 언니가 조카들을 키울 때 문화센터를 다녔던 기억이 났다. 집에서 가까운 문화센터를 찾으니 버스로 한 시간 거리에 있는 쇼핑몰에 있다. 일주일에 한 번이지만 한 시간에 한 번 오는 버스를 타고 왕복 두 시간을 다녀오면 녹초가 됐다. 도연이가 좋아하고 교육은 만족스러웠지만 가까이 살지 않아서인지 도연이 친구 만들기는 실패했다.

미혼일 때는 그렇게도 잘 만나지던 사람이 결혼하고 아이가 있으니 여간 어려운 게 아니었다. 새로운 세상에 뚝 떨어진 듯 낯설기만 했다. 외로울 땐 뭔가를 배우는 게 제일이라는 생각이 들어 뭔가를 배워보기로 했다. 공부로 관심을 돌린 것이다. '공부工夫' 사전적 의미로는 학문과 기술을 닦는 일이라는 의미가 있다. 공부는 원래 공부功扶를 의미했다. 공功은 성취하다, 부扶는 돕는다는 뜻으로 무엇을 도와 성취한다는 의미다. 그런 의미가 지금은 시험을 치르기 위해 지식을 습득한다는 의미로 변했다. 그로 인해 시험

성적과 지식수준으로 공부를 잘한다, 못한다는 말로 표현한다. 도와 성취한다는 원래의 의미를 그대로 가진다면 잘하고 못한다는 개념이 있을 필요가 없다. 그랬다면 나를 포함해 공부 못하는 사람은 없다. 나는 지금을 살고 있고 상위수준을 달린 적이 없으니 공부 못하는 사람이다. 그럼 공부 못하는 사람은 공부를 전혀 하지 않는 걸까? 공부하고자 하는, 잘하고자 하는 마음도 욕심도 없는 걸까? 공부 못하는 사람 중 한 사람으로서 확실히 말하지만 공부를 못하는 사람도 공부 잘하고 싶은 마음은 있다. 그 마음을 바탕으로 공부도 한다. 계획 세우고 공부하기, 끈기 있게 공부하기, 밤새워 공부하기 등 다 해 봤다. 분명 마음도 있고 노력도 한다. 그럼 왜 못했는데? 이유는 다양하다. 내가 원하는 공부가 아니고 공부하는 방법을 제대로 알지 못해서다. 내가 좋아하는 공부는 있다. 다만 그 공부가 지금의 공부 개념과 기준에 맞지 않을 뿐이다.

사람을 만나기 위해 선택한 공부는 뜨개질이었다. 미혼일 때 언니가 뜨개질하는 걸 봤다. 더 오래된 기억을 떠올리니 겨울이 되면 엄마가 두꺼운 실로 뜨개옷을 떠 줬던 기억이 난다. 뜨개옷은 실로 뜨는 것이기에 옷이 작아지면 다시 풀어 다른 옷으로 떴다. 한번 떴던 옷을 다시 풀면 실이라면처럼 꼬불꼬불해진다. 꼬불꼬불한 실을 물 끓이는 주전자 뚜껑 꼭지에서 주둥이로 통과시키면 다림질이라도 한 듯 다시 반듯하게 펴졌다. 이런 장면이 기억에 남을 정도로 엄마도 뜨개질을 즐겨 했다. 그런 정성이 들어간 옷이지만 그땐 다시 떠 준 옷을 입어도 같은 옷을 입는 느낌이라 싫었다. 뜨개질이 어떤 매력이 있기에 엄마도 언니도 했는지 배워보고 싶어졌다. 도연이를 데리고 온 동네를 걸어 다니며 뜨개질을 배울 곳을 찾았다. 뜨개방 중 나와 비슷한 또래 사장님이 하는 곳을 선택해 배우기 시작했다. 첫 코를 잡는 것부터 물어보며 배웠다. 배워보니 엄마와 언니가 왜 뜨개질을 하는지 알게 됐다. 한 가닥의 실이 손을 통해 세상에서 하나밖에 없는 작품이 되는 창작의 기쁨과 성취가 느껴졌다. 배움에 즐거움이 느껴졌다. 배움에 즐거움이 느껴지니 뜨개질을 함께 배우는 사람들과 있는 것이 즐겁고 소중해졌다. 드디어 이야기 나눌 사람들을 만났다. 그리고 내가 하고 싶은 공부를 찾았다. 성적이 매겨지지 않고 누구와 비교하지 않아도 되는 공부. 기쁨과 성취가 느껴져 계속해서 하고 싶은 마음이 생기는 공부.

공부는 지식의 습득과 시험을 통해 받는 성적이 다가 아니다. 14년 학교생활에서의 공부도 성적이 다가 아니었다.

학교생활은 친구, 선생님을 만나게 해줬고 삶을 고민하고 살아갈 수 있는 생각하는 힘, 내가 살아가는 삶의 방향을 고민하고 선택할 수 있는 능력을 키워줬다. 공부는 평생 해가야 한다. 다만 공부의 분야와 하는 동기, 형태는 다 다를 것이다. 누군가는 성공을, 누군가는 인정을, 누군가는 의무와 책임을 다하기 위해 공부한다. 난 삶의 터전이 바뀌면서 사람을 만나기 위해 공부를 선택했다. 공부하고자 하는 이유도 공부의 종류와 형태도 다 다르지만, 이것만큼은 공통적이다. '공부를 하려고 하는 순간, 가장 절실한 것이 공부의 동기가 된다.' 지금 무엇이 절실한지 떠올려 보길 바란다. 그 절실한 것이 내가, 당신이 공부를 시작해야 하는 동기다.

2
눈치 보는 걸 두려워 말라

"엄마, 엄마도 학교 다녔어?" 엄마는 학교를 안 다녔을 것 같다며 초등 1학년인 첫째 도연이가 한 질문이다. "그럼, 엄마도 도연이처럼 초등학교도 나오고 중학교, 고등학교, 대학까지 다녔는걸." 대답하면서도 도연이가 한 질문에 틀린 답을 알려준 게 있어 그러는 건지 고민했다. 학교는 아이들만 다니니 어른인 엄마는 다니지 않았을 거라 생각했다 한다. "엄마, 대학도 다녔으면 엄마도 영어 할 줄 알아?" 대학에서 영어를 배운다는 걸 어떻게 알았는지, 대학이 도연이에겐 어떤 의미인지 궁금했다. 엄마는 중학교 들어가며 영어를 배웠고 잘하지는 못한다. 지금은 초등 때부터 배우고 학원에 가면 바로 배울 수 있다는 말도 덧붙인다. 영어 할 줄 아느냐는 물음에 할 줄 안다는 답만 하면 됐었는데 배우는 시기와 방법까지, 과하다 할 정도로 얘기하는 이유는 이런 마음이 깔려있기 때문이다. '영어가 배우고 싶어서 그러나? 이게 신호인 거야? 그럼 지금 배울 수 있는 방법을 알려주면 하고 싶어 하려나?' 정말 공부하는 아이로 키우고 싶은 마음 가득한 학부모가 됐구나 싶었다.

아기가 보는 부모는 태어나서부터 어른이다. 미취학 아동이나 일부 초등 저학년 아이는 어른도 어린 시절이 있었다는 것 자체를 생각하지 못한다. 엄마 아빠도 선생님도 다 너희같이 학교 다니던 어릴 때가 있었다고 하면 거짓말이라고 말하는 일도 있다. 그러면서 한마디 덧붙인다. "우리 아빤 태어날 때부터 어른이었어요. 우리 아빠가 그랬어요." 아이의 이런 말을 처음 들었을 땐 당황했지만 지금은 당황하지 않는다. 아이가 이해할 수 있는 단어로 설명하며 대화를 이어간다. 일하며 만나는 아이에겐 융통성을 부릴 정도로 여유가 생겼지만 도연이도 같은 생각을 할 줄 몰랐다. 이럴 땐 그냥 "다녔어." "안 다녔어." 같은 담백한 답이면 충분하다. 굳이 더한다면 "그런데 왜 그런 생각을 했을까?" 같이 아이의 생각을 묻는 말 한마디면 됐을 걸 중학교 고등학교, 대학까지 다녔다고 발끈하며 답하는 내 반응에 놀랐다. 몰랐으니 물어볼 수 있는데 왜 발끈했을까?

경험상 이런 반응은 대체로 내가 뭔가 켕기는 게 있을 때 나타난다. 상담의 기법 중에는 내담자의 행동 중 모순과 불일치를 발견하고 대면하는 '직면'이란 기법이 있다. 자신의 모순적인 모습을 직접 대면하게 만드는 것이다. 앞의 상황을 예로 들면 도연이에게 발끈하며 학력을 나열한 것은 설명해주기 위해서가 아니라 학력에 관한 어떤 마음이 있다는 뜻이다.

4년제 대학을 못 갔기에 더 배우고 싶은 마음이 강했다. 전문대학을 졸업하고 회사에 다니면서도 그 마음은 여전했다. 고3, 학과 선택을 할 때 첫 번째 선호학과는 국어국문과였다. 부모님은 국문과 졸업해 글 쓸 거냐며 돈 벌기 힘드니 안 된다 했다. 두 번째 선호학과는 유아교육과였다. 그 과도 같은 이유로 원서도 쓰지 못했다. 결국 부모님 몰래 선택한 관광통역과를 전공하게 됐지만, 국어국문에 관한 목마름은 계속해서 남았다. 부모님의 의견으로 전공도 최종학력도 마음대로 선택할 수 없었다는 것이 계속해서 원망스럽고 아쉬웠다. 사회생활 2년 차에 들어서 회사에 어느 정도 적응이 되니 배우고 싶은 마음이 스멀스멀 올라온다. 회사일과 병행하며 편입할 수 있는 학교를 찾기 시작했다. 마치는 시간이 일정치 않은 일이라 야간 대학은 불가능했다. 학비도 부담스럽지 않은 곳이어야 했다. 조건에 딱 맞는 곳은 '한국방송통신대학' 뿐이었다. 그땐 교재와 강의가 녹음된 테이프를 사서 들으며 공부하는 형식이었다. 편입해서 다시 공부를 할 수 있다는 것만으로 좋았다. 일과 병행할 수 있을 거라 믿으며 호기롭게 시작했지만 두 가지를 병행하기는 쉽지 않았다. 퇴근하면 카세트 앞에 앉아 책을 펼치고 공부했다. 진도를 따라가기 힘들었고 모르는 게 있어도 물어볼 곳이 없었다. 지역별 공부 모임은 있었으나 회사가 늦게 마치는 날이 많아 지속적인 참석은 불가능했다. 그렇게 1년을 다니다 등록금을 안 내면서 자연히 휴학생이 됐다. 의욕 충만하게 시작한 공부는 그렇게 막을 내렸다.

이사 오고 7년을 아이만 키우며 살았다. 아니다. 내가 원하는 뜨개, 퀼트, 목공, 도배, 페인트, 필름지 등을 이용한 셀프인테리어 등을 배우고 활용하며 쉴 새 없는 시간을 보냈다. 그러다 독서문화 활동을 하는 '사단법인 어린이도서연구회'라는 비영리 시민단체에 가입하고 다시 책을 읽기 시작했다. 책 읽는 모임에 가입하니 지연적으로 책을 좋아하는 사람들과 가깝게 지내는 시간이 늘었다. 그곳에서 만난 선애 언니가 예전의 나처럼 학업에 대한 목마름을 얘기한다. 그리고 예전의 나처럼 시간과 비용 대비 최선인 길을 찾기 시작했고 그렇게 찾은 길이 방송통신대학교다. 같은 전철을 밟아봤던 난 호락호락하지 않음을 알기에 응원만 할 뿐 호응하진 않았다. 공부와 더는 인연을 안 맺을 줄 알았다. "혼자 하면 힘들겠지만, 같이하면 서로 응원도 해주고 도움도 주면서 해나갈 수 있지 않을까? 나도 혼자서 엄두가 안 나서 그래. 같이하자." 그 말에 묵혀뒀던 마음이 다시 올라온다. 덮어뒀던 불씨에 누군가가 바람을 부니 불길이 일었다. 선애 언니의 권유가 고마우면서도 잠잠하던 불씨를 다시 살리는 듯해 원망스럽기도 했다.

하고 싶은 마음은 있지만 바로 선택할 수 없었다. 남편 혼자 벌어 네 가족의 생계를 책임지고 있었다. 학비가 대략 40만 원 정도로 대학 등록금치고는 저렴하지만, 우리 가족에겐 목돈이었다. 올라오는 말을 삼키기를 몇 번, 말이나 꺼내보자 싶었다. "자기야. 내가 예전에 마무리 못 했던 학교를 다시 다니고 싶어. 방송대라 아이들 키우면서 할 수 있을 것 같아. 그런데 등록금이 좀 나가. 대신 첫 학기만 도와주면 나머지는 내가 벌어서 낼게." 무슨 배짱으로 나머지 등록금은 내가 낸다고 했는지 모르겠다. 첫 학기 등록금을 부탁하는 것만으로 미안하고 눈치가 보였다. 몇 개월 동안 망설인 것이 무색하게 흔쾌히 응원의 답을 들려준 남편 덕에 다시 공부하게 됐다.

무언가 시작하고 싶을 땐 먼저 주변 환경을 살피며 사전 조사를 하게 된다. 주부가 무언가를 시작할 땐 더 그렇다. 육아도 해야 하고 살림도 해야 한다. 거기다 학업처럼 투자 비용이 제법 들어갈 땐 살피는 정도가 아니라 눈치를 본다는 표현이 더 적절할 정도다. 안 배워도 사는 데 아무 지장 없고, 배우면서 갈등이 생길 게 뻔하기에 더 그렇다. 교육비나 투자금을 백 프로 도움받아야 한다면 올라오는 말을 꿀떡 삼키며 포기해 버리는 건 당연한 선택일 수 있다. 도움받아 시작하면 일부러 눈치 주지는 않지만, 도움받은 사람은 눈치가 보인다.

남편도 눈치를 주지 않았지만 난 눈치가 보였다. 눈치 보며 시작했다 하면 자기는 그런 적 없다며 못내 서운해한다. 내가 미안해 그렇게 느낀 거라 얘기해도 서운하다 한다. 이렇게 혼자 눈치 보고 시작한 공부, 딱 2년 후 졸업장을 가슴에 품었다. 방송통신대학교를 안 다녀 본 사람 혹은 다녀 본 사람도 계획한 기간에 졸업하긴 어렵다 한다. 입학은 쉽게 하지만 졸업은 쉽지 않은 학교라 한다. 그 어려운 걸 해냈다. 신랑이 이 말을 들으면 또 서운할지 몰라도 눈치가 보여 더 열심히 했기에 가능했다고 생각한다. 눈치 보며 공부하는 게 나쁘지만은 않다. 편히 하는 공부보다 게으름 부리지 않고 더 열심히 할 수 있는 걸 보면 부정적 영향보다 긍정적 영향이 더 크다.

돈을 벌지 않고 경제적 여유가 없는 전업주부나 누군가의 도움이 있어야 무언가를 시작할 수 있는 분들에게 말하고 싶다. 자존심에 눈치 보기 싫어서 하고 싶은 걸 하지 않는 것보다, 눈치 보며 하고 싶은 걸 하는 게 훨씬 행복하다고. 눈치 보며 열심히 배운 후 더 큰 베풂으로 돌려주면 된다고. 그러니 눈치 보는 걸 두려워하지 말라.

3
무료로 배우고 성장하기

결혼하고 부모가 되면 가정과 자녀에게 초점이 맞춰진다. 무엇을 하더라도 가정에 특히 자녀에게 맞춰 선택하는 경향이 있다. 아이와 함께 어디를 갈 때도 유모차는 끌 수 있는지, 유모차 대여는 되는지, 수유실은 있는지를 본다. 아이가 초등학생 정도 되면 아이가 체험하고 활동할 공간이 있는 곳으로 여행지가 맞춰진다. 요즘은 '노키즈 존'으로 운영되는 곳이 있기에 카페를 가려 해도 아이와 함께 갈 수 있는지를 먼저 알아본다. 근처에 친인척이 있어 육아에 도움을 받으면 아이를 잠시 맡겨두고 자신만의 시간을 가질 수도 있다. 그렇지 않다면 자신만의 시간을 가지기는 하늘의 별 따기다. 무언가를 배우거나 일이라도 하려면 이것저것 많은 산을 넘어야 한다. 우선 육아를 어떻게 할 것인지가 가장 높은 산이다. 부모님이 도움을 주신다면 일사천리로 해결될 문제지만 요즘엔 그마저도 쉽지 않다. 나도 그랬기에 온종일 배우는 것, 일하는 것은 엄두도 내지 못했다. 그러다 첫째가 학교에 다니고 둘째도 어린이집에 다니기 시작하며 오전 잠깐 혼자만의 시간이 생겼다. 그 짧은 시간을 나를 위한 시간으로 활용하리라 다짐했다.

초등학교 아니 내가 다닐 땐 국민 학교였다. 지금 이 글을 쓰는 프로그램은 자동으로 오타를 잡아준다. 그러다 보니 국민 학교를 붙여 쓰면 저절로 초등학교로 수정된다. 일제강점기 때 쓰인 단어라 지금은 쓰지 않는 단어인 걸 알지만 자동으로 삭제되니 내가 다닌 학교, 다닌 시절도 부정당하는 것 같아 띄어 쓰면서도 씁쓸하다. 여하튼 아래로는 초등학교라 말하겠다. 초등학교 다닐 때 가장 좋아하던 날은 아무래도 공부 안 하고 노는 날이다. 소풍 가는 날, 운동회 하는 날, 어린이날 등이다. 소풍 가는 날은 현장 체험으로, 운동회는 체육대회로 변화도 생겼지만, 공부 안 하는 날이 좋은 건 예나 지금이나 한결같다. 지금은 어린이날이 공휴일로 지정되어 있지만, 예전엔 아니었다. 등교해 학교와 부모님들이 준비해 준 선물을 큰 비닐봉지 가득 챙겨 들고 집에 돌아갔다. 그날은 누구의 부모님이 뭘 준비해 줬는지가 주요 관심사였다. 나눠주는 선물은 종류가 다양했다. 스케치북에 공책, 연필, 지우개 등 학용품부터 요구르트, 초코파이 등 먹거리도 푸짐했다. 선생님은 나눠주며 꼭 누구 어머니가 준비해 줬으니 그 친구에게 '누구야 고마워'라고 합창을 시켰다. 운동회 날에도 담임선생님이 누구 엄마가 준비해 준 도시락을 먹는지가 초미의 관심사였다. 지금도 마찬가지지만 그 시절 학교생활엔 부모님의 도움과 영향이 컸다. 차이라면 도움의 형태가 달라졌다. 학교 문화 변화로 지금은 부모님이 선물이나 먹거리를 보내지 못한다. 스승의 날 꽃을 보낼 수도 없다. 대신 신호등 길 건네주기, 학교 도서관 서고 정리, 급식 재료 검수 등 학생을 위한 봉사로 도움을 준다. 새 학년에 들어서면 봉사 신청서가 배부된다. 신청서 배부 후에도 봉사 인원이 적으면 총회에서 봉사를 권하기도 한다.

초등 1학년에 입학한 첫째 도연이가 봉사 신청서를 가져왔다. 도서관에서 하는 도서 정리 봉사가 눈에 들어왔다. 학교 도서관에서 도서 대출 반납 서비스와 도서 정리만 하면 됐다. 매주 가는 것도 아니고 아이가 학교에 있는 오전 시간 잠깐 하는 활동이다. 둘째도 어린이집에 있는 시간이기에 괜찮아 보였다. 도서관에 있으면 나를 보러 오는 도연이가 책과 친해지는 기회가 될 거라는 생각과 담임선생님도 좋게 보겠다는 두 가지 이유로 봉사를 신청했다. 약 다섯 달 동안 네 번 정도만 가서 세 시간 남짓 봉사를 하고 오면 됐다. 도연이는 내가 봉사 가는 날이면 쉬는 시간에 간간이 도서관에 들렀다. 첫 번째 목적은 달성했다. 도서관이 잘 운영되고 있었기에 선생님들도 수업 시간에 도서관을 자주 활용했다. 덕분에 도연이 담임선생님과 인사 나눌 기회가 많았다. 두 번째 목적도 달성했다. 나처럼 지극히 사적인 이유와 목적으로 봉사를 시작하는 경우가 있다. 특히 아이가 다니는 학교 활동에 관한 것이면 더 그렇다. 그 이유가 절대적이라 해도 과언이 아니다. 그렇게 시작한 학교 봉사활동은 둘째 정윤이가 졸업할 때까지 꼬박 이어졌다.

봉사를 시작할 때 이렇게 오래 할 줄 몰랐다. 첫째가 졸업하면 둘째가 3학년이니까 그만해도 되겠지 했다. 그 생각은 봉사를 계속하면서 바뀌었다. 도서관 봉사활동들은 나에게 큰 영향을 미쳤다. 봉사하며 책을 가까이하다 보니 책과 연관된 일에 관심이 갔다. 아이와 함께 책을 읽으면서 하는 활동을 찾기 시작했다. 그 활동의 이름이 독서 지도고, '독서지도사'라는 자격증이 있다는 걸 알게 되면서 배울 수 있는 곳을 찾기 시작했다. 나에게 주어진 시간은 아이가 없는 오전 시간이 다였기에 거리가 멀면 안 됐다. 비용도 적게 들어야 했다. 안 들면 더 좋고. 조건에 맞게 배울 수 있는 곳이 있을까 싶었다. 책 반납을 하러 도서관에 간 날, 게시판을 통해 오전 시간엔 성인을 위한 교양 강좌가 무료로 열리는 걸 알게 되었다. 아이 책 빌린다고 자주 드나들었는데 그땐 아이 강좌만 보였다. 관심이 아이에게서 나로 바뀌니 안 보이던 성인 강좌가 보였다. 일주일에 한 번 독서 지도 관련 교양 강좌를 듣기 시작했다. 그 과정은 독서지도사 자격증으로 이어졌고 일을 시작하는 초석이 되었다. 독서지도에 관해 공부를 시작하니 독서와 아동에 관한 공부가 하고 싶어졌다. 관련 강좌를 찾으니 무료 수강에 교재비만 내면 되는 '평생학습센터'라는 곳이 있다. 그곳에서 역사논술지도사, 아동 심리상담사 등의 자격 과정을 이수했다.

아이를 키우는 시간은 생각보다 더 바쁘고 정신없이 지나간다. 그러다 아이가 어느 정도 크고 내 시간이 생기면 '나도 이제 뭔가를 해야 하는데.' 하는 생각이 든다. 나도 그 시기에 같은 이유로 바깥 활동을 시작했으니 그 마음을 누구보다 잘 안다. 그렇기에 누군가 "뭘 하긴 해야 하는데, 뭘 해야 할지 모르겠어." 같은 말을 하면 학교 봉사활동과 도서관 강좌 듣기 등을 적극적으로 권한다. 그러면 아이가 어려서, 시간이 없어서, 돈이 없어서 또는 돈을 벌어야 하는데 등의 말이 돌아온다. 그 모든 조건을 만족하는 배움인데도 선뜻 선택하지 않는다. 변화와 성장을 원하는 사람에게 처음부터 많은 시간과 비용 투자를 권하지 않는다. 상황과 형편에 맞게 조금씩 천천히 찾아보고 경험하면 거부감이 덜하기에 생활에 큰 변화를 주지 않는 선에서 알려주고 권한다. 아이를 키우는 부모라면 아이가 다니는 어린이집이나 유치원, 학교에서 무료로 열어주는 부모교육과 봉사활동에 참여하기를 권한다. 도서관이나 평생학습센터 등이 가까이 있다면 일주일에 한 번 짬 내어 무료 강좌 듣기를 권한다. 오프라인이 힘들다면 온라인 무료 교육을 활용해도 좋다. 모든 것에 돈이 필요한 세상이지만 반대로 돈 들이지 않고 할 수 있는 것도 많다. 지역 내에서 무료로 들을 수 있는 교육과 시 차원에서 제공하는 교육의 기회들을 적극 활용하면 좋겠다.

위에서 이야기하는 과정들은 비용이 들지 않는다. 그렇다고 모든 게 무료는 아니다. 시작하고자 하는 마음, 과정을 중도에 포기하지 않고 끝까지 마무리하려는 의지, 시간의 투자 등은 무료가 아니다. 봉사활동과 무료 교육을 시간 버리는 일로 생각하지 않았으면 한다. 그 한 시간으로 생활과 삶이 바뀔 수 있다. 무료 교육으로 긍정적인 변화가 생기는 사람은 나와는 다른 특별한 사람이라 생각들 수 있겠지만 그 특별한 사람이 당신이 될 수도 있다. 그러길 바란다.

4
꿈의 의미와 범위 넓히기

새 학년이 시작되면 가정환경조사를 한다. 예전엔 집이 자가인지 전세인지 사는 집의 형태와 부모의 학력과 직업, 부모의 연봉까지 적어 냈었다. 왜 그런 것을 다 알아야 하는지 몰랐지만, 진실과 거짓을 적절하게 섞어 적어 갔다. 부모님의 직업은 상업이라고 적었지만, 연봉은 내가 어떻게 알 것인가. 부모님께 물어봐도 자세히 알려주지 않으니 처음 한두 번 물어보고는 옆 친구가 적는 걸 보고 눈치껏 비슷하게 적었다. 요즘은 집의 형태, 부모님의 연봉 등 집안 사정을 알 수 있는 구체적인 문항은 없어지는 추세다. 학생 인권의 영향으로 사라지는 문항이 있지만, 변함없이 계속되는 문항도 있다. '장래 희망'이 그것이다.

학창 시절에도 장래 희망을 쓰는 칸이 있었다. 그때 나에게 장래 희망의 의미는 미래 모습이었다. 매년 뭘 적어야 할까 고민을 하다 엄마가 되면 공부를 안 해도 된다는 생각이 들었다. 엄마가 공부하는 걸 본 적 없었으니까. 그 이유로 첫 번째 장래 희망은 '현모양처'가 됐다. 그때만 해도 여자는 남자 잘 만나 결혼 잘하면 그만이라 했으니 내가 생각할 수 있는 최고의 장래 희망이었다. 그러다 초등 고학년이 되면서 장래 희망을 직업으로 바꿔야겠다는 생각에 적은 것이 선생님이다. 선생님을 하려면 어떤 공부를 해야 하는지 선생님이 되는 방법은 전혀 생각지 않고 오롯이 갖고 싶은 직업만 생각했다. 지금 생각하면 그게 내 꿈이었다. 그랬던 장래 희망 칸에도 변화가 생겼다. 지금은 '학생이 생각하는 장래 희망'과 '부모가 생각하는 자녀의 장래 희망' 이렇게 두 가지를 쓴다. 아이가 생각하는 장래 희망이 부모의 지지를 받는 것인지, 아이와의 대화가 잘 이루어지고 있는지 혹은 아이와 부모의 차이 등을 알고자 칸이 만들어지지 않았을까 하는 추측을 할 뿐이다.

초등 1학년이 된 둘째 정윤이도 가정환경조사서를 가져왔다. 첫째를 키웠기에 둘째는 당황할 일이 별로 없을 거로 생각했는데 1학년 첫 조사서부터 복병을 만났다. 첫째 때의 경험이 있기에 당황하지 않고 내가 써야 하는 칸을 채웠다.

장래 희망 칸이 남았다. 아이의 의사가 가장 우선이 되어야 한다는 생각에 언제나처럼 질문을 했다.

"정윤아, 우리 정윤이는 나중에 커서 어떤 사람이 되고 싶어?"

"어떤 사람?"

"응. 우리 정윤이가 나중에 커서 하고 싶은 일은 뭘까?"

"나, 헐크."

'헐크라니, 이걸 적어야 해? 다른 걸 적으라고 해야 하나?' 잠깐 고민했다.

"그런데 정윤인 왜 헐크가 되고 싶어?"

"헐크는 초록색으로 변해서 힘 세지면 사람들 구해주잖아."

그제야 텔레비전에서 하는 〈어벤져스〉를 함께 보며 자기는 헐크가 힘이 제일 세서 좋다고 하던 정윤이의 말이 떠올랐다. 정윤이는 헐크가 되고 싶은 이유를 분명히 얘기했다. 이유 또한 나쁘지 않았다. 그렇다고 그대로 적으면 선생님이 당황하실 듯해 고민이 됐지만, 아이의 마음을 무시하고 싶지 않았다. 잠깐 생각하고 조사서를 작성했다. '학생이 생각하는 장래 희망–위험한 사람을 도와주는 헐크' '부모가 생각하는 장래 희망–헐크를 도와주는 엄마 아빠' 선생님이 당황할 수 있겠지만 상담 시간을 활용해 잘 말씀드리면 이해해 주실 거로 생각했다. 사차원 엄마로 비칠 수 있겠으나 좀 그러면 어떠하랴. 이 이야기를 선배 엄마에게 말하면 엄마가 적는 칸에 아이와 같은 장래 희망을 적어야 한다는 조언을 한다. 다르면 안 된단다. 서로의 장래 희망이 다르면 아이와 소통이 잘 안 되는 부모라는 인식을 줄 수 있고 특히 중고등학생 때 장래 희망은 진학 시 적는 자기소개서와 생활기록부에도 영향을 미치기에 잘 생각하고 적어야 한다 강조해서 말한다. 아이의 마음과 희망을 그대로 담으면 나중에 아이에게 도움이 되지 않을 수도 있다 한다. 아이의 마음과 의지보다 그걸 보는 사람의 평가가 아이의 미래에 더 큰 영향을 준다는 거다. 장래 희망 두 칸이 그렇게 많은 의미를 두고 있을 줄 몰랐다. 그 작은 칸마저도 전략적, 계획적으로 적어야 하는 건 줄 미처 생각지 못했다.

독서 지도 관련 수업을 듣던 중 브레인스토밍 기법을 배웠다. 브레인스토밍brainstorming은 '일정한 테마에 관하여 회의형식을 채택하고, 구성원의 자유발언을 통한 아이디어의 제시를 요구하여 발상을 찾아내려는 방법(출처: 네이버검색-두산백과)'이다. 의미와 원리를 배우고 예시를 들어 실습해보는 시간을 가졌다. 주제는 '꿈'. 꿈 하면 연상되는 키워드로 분

류를 만들어 연상하는 실습이었다. 꿈의 의미, 시기, 아이의 꿈, 나의 꿈 등 원하는 분류를 정해 시작했다. 분류별로 꼬리에 꼬리를 물고 잘 이어갔는데 '나의 꿈'에서 머뭇거려진다. 과거의 꿈은 수월하게 적었는데 지금의 꿈에서 펜이 나가질 않는다. 꿈은 어린아이에게만 허락된 거로 생각했다. 아이 둘을 낳고 가정을 꾸려 사는 나에겐 어울리지 않는 질문 같았다. 꿈을 꾼다는 건 지금과 다른 삶을 바란다는 의미로 와닿았기에 지금의 삶에 만족하며 살고 있는 나와는 전혀 상관없는 질문으로 생각했다. 왜 하필 선생님이 꿈을 주제로 잡았는지, 왜 하필 분류에 '나의 꿈'을 잡았는지 괜히 짜증이 났다. 그러다 열심히 작성하고 있는 옆자리 선생님 노트를 보게 됐다. 자신의 꿈으로 무수히 많은 가지를 그려나가고 있었다. 강의 시작부터 함께 듣기 시작했기에 나보다 나이가 많다는 걸 알고 있었다. 나이가 다는 아니지만 많은 나이에 꿈을 꾼다는 건, 아니 꿈을 꿀 수 있다는 건 어떤 마음일까 궁금했다. 양해를 구해 노트를 봤다. 그 선생님의 꿈은 '혼자 커피숍에 가서 2시간 동안 책 읽기' '혼자 영화관 가보기' 등 소소한 꿈부터 '딸과 둘이서 2박 3일 여행 가기' '3년 적금 들기' 등 다양했다. 하지만 어떠한 직장에 취직하겠다, 어떠한 직업을 가지겠다 같은 건 없었다. 순간 난 아직도 꿈을 직업과 직장으로 생각하고 있다는 걸 깨달았다. 내가 생각하는 꿈과 그 선생님이 생각하는 꿈의 차이를 확연히 느낀 것이다.

내가 배움을 멈추지 않고 분주히 활동하는 걸 아는 주위 지인들은 한 번씩 내게 안부처럼 묻는다. 꿈이 뭐냐고, 뭐가 되고 싶어 그렇게 열심히 배우고 살아가느냐고. 목표가 어떻게 되냐고. 이런 질문을 받으면 전자계산기처럼 정확한 답이 딱 나왔으면 좋겠다고 생각했다. "내 목표는 ○○이다. 그래서 이렇게 열심히 배우고 살아간다. 이걸 다하면 ~을 할 거다." 그래야 한다고, 그래야 옳다고 생각했다. 시간과 노력과 비용을 투자해서 배우고 있는데 꿈도 목표도 없으면 안 된다고 생각했다. 그런데 그 답이 마음처럼 쉽게 나오지 않는다. 무언가가 되고 싶어 목표를 정하고 배우기 시작한 게 아니기에 더 그랬다. 목표와 목적을 꼭 직업과 직장에 국한할 필요는 없다. 정윤이처럼 누군가를 도울 힘센 사람이 되기 위해 열심히 운동하는 것도 꿈이다. 옆자리 선생님처럼 자신만의 시간을 가지는 것도 꿈이다. 지금도 안부처럼 물어오는 그 질문에 명확한 답을 하지 못한다. 아니 이젠 하지 않는다. 배움이 계속되니 꿈의 의미와 범위가 넓어지면서 되고 싶은 사람, 하고 싶은 것이 많아졌기 때문이다. 아이도 어른도 꿈의 의미와 범위를 넓게 가지면 좋겠다. 자신의 꿈을 자신이 만든 틀에 가두지 말고 넓고 다양한 기회를 주면 좋겠다.

안 해 본 일에 대한 호기심도 설렘도 다 허락하면 좋겠다. 그럼 더 행복해지니까. 우리가 꿈꾸는 최종 목적은 행복이니까.

5
배운 것,
내 것으로 만들기

방송통신대학교를 다시 다니기 시작했을 때 포부가 남달랐다. 포기했다가 다시 시작하는 건, 몇 배의 고민을 더 하고, 몇 배의 의지를 더 다지기에 잘하고자 하는 바람도 더 크다. 시작하기가 어려웠지, 일단 시작했으니 잘하고 싶었다. 온라인 강의를 두세 번 반복해서 듣고 강의안도 책자로 만들고, 과제에 열과 성을 다 쏟았으며 기말고사를 보기 한 달 전부턴 공부 계획을 짜서 공부했다. 열심히 공부한 이유 중 하나는 일정한 수입이 없는 상태에서 다음 학기 등록금 준비로 장학금을 노리는 게 최고의 선택이기 때문이었다. 첫 학기 등록금만 도와주면 다음 학기부턴 내가 해결하겠다고 남편에게 장담하며 시작한 공부다. 내가 한 말에 책임지고 싶었다.

이상과 현실은 다르다는 걸 안다. 바라고 노력한다고 계획대로 다 되지 않는 것도 안다. 노력하는 만큼의 성과는 있어야 한다 생각하는데 경쟁 사회에선 그마저도 녹록지 않다. 공부에도 경쟁자가 있다는 걸 생각지 못했다. 온라인으로 혼자 하는 공부는 다른 사람이 어떤 식으로, 어느 정도로 공부하는지 가늠할 수 없다. 물론 지역별 공부 모임은 예전처럼 활발히 운영되고 있었지만, 육아와 집안 살림 등으로 참여할 수 없었다. 경쟁 상대를 만나게 되는 날은 오프라인으로 출석 수업받을 때와 시험 치는 날이다. 그런 날엔 혼자 공부하는 사람과 함께 공부하는 사람이 확연히 차이가 난다. 함께 공부하는 사람은 안부를 묻고 도움말을 주기도 하며 모둠으로 움직인다. 그 사이에 혼자 앉아 있으면 위축된다. 오프라인에서 만나 위축되는 건 모임 참여 여부만이 아니다. 나이에서도 위축된다. 그때 30대 후반으로 수업을 듣는 반에서는 젊은 축에 속했다. 50, 60대 찾기 어렵지 않았고 기말고사를 치는 교실에는 73세 어르신도 함께 했다. 안경 닦을 거리가 없다는 어르신 돋보기를 시험 감독관이 닦아드리는 상황을 보는 순간 처음으로 내가 경쟁해야 하는 대상을 바로 보게 됐다.

한 학기를 마치고 장학금이 기대될 정도로 괜찮은 성적

을 받았다. 그러나 다음 학기 등록 기간이 되도록 기대하던 소식은 오지 않았다. 도대체 몇 점을 받아야 장학금을 받는지 너무 궁금해 학과사무실에 문의했다. 과사무실에서 돌아온 대답은 4.5점 만점에 4.47점을 받은 사람이 장학금을 받았다 한다. 장학금 수령자는 궁금하지 않았다. 어떻게 그런 성적을 받을 수 있는지 궁금할 뿐이었다. 궁금증은 출석수업을 들으러 가서 만난 분에게 들은 말로 해소됐다. 연세가 있는 분들이 대체로 장학금을 받는다고 한다. 그분들 공부량과 의지는 젊은 사람이 못 따라간다. 함께 모임에서 공부하지만, 자신도 어르신의 속도와 깊이를 못 따라가 힘들다 했다. 나도 다시 시작한 공부에 열정이 불타올랐으나 그에 비할 바가 못 되는 것이다. 이런 이야기를 하면 연세 있는 분들이 뭐 하려고 그렇게 열심히 배우는지 궁금해한다. 나도 학업을 다시 시작하면서 졸업 후 뭔가를 꼭 하려고 시작한 건 아니다. 배우는 게 좋아서, 즐거워서 시작했기에 늦게 공부를 시작한 분들도 나와 비슷하지 않을까 추측할 뿐이다.

즐겁게 배우다 보면 하고 싶은 일이 생긴다. 꼭 계획대로 되진 않지만 배운 걸 활용할 수 있는 혹은 활용해보고 싶은 일이 보일 때도 있다. 결혼 후 손에서 책을 놓았다. '독서'라는 활동이 내 삶에서 사라진 기간이었다. 아이를 낳고 키우면서 아이 나이에 맞는 책을 읽어주기 시작한 게 다시 책 읽기를 시작한 계기다. 책을 좋아하는 아이로 키우고 싶었다. 시립도서관이란 좋은 보물창고를 가까이 두고 있으니 시간이 나면, 아니 시간을 일부러 만들어 아이들에게 읽어주고 싶은 책을 찾으러 갔다. 예전과는 비교도 안 될 정도로 다양해진 주제와 내용에 감탄하며 아이와 어린이 책을 함께 읽기 시작했다.

가볍게 선택한 일이 오랜 세월 이어질 때가 있다. 그날도 여느 날처럼 도서관에서 책을 빌려 나오고 있었다. 도서관 강좌를 들으며 안면을 익힌 사서 선생님이 나를 불러 세운다. "어머니, 혹시 아이들 책에 관심 있으세요? 혹시 '어린이도서연구회'라고 들어보셨어요? 한 주에 한 번, 어른들이 어린이 책 읽고 이야기 나누는 모임이에요. 지금 도서관에서 회원모집 중인데 관심 있을 것 같아서 알려드리려고요." 독서 지도와 어린이 책과 관련된 특강을 신청하고 듣는 걸 알고 물어보시는 듯했다. 건네주는 명함을 받아들고 잠깐 고민했다. 일주일에 한 번, 지속해서 참석한다는 게 부담으로 와닿았다. 일단 해 보고 부담되면 그만하면 되겠지 가볍게 생각했다. 그렇게 가볍게 선택한 '사단법인 어린이도서연구회'였는데 올해로 10년째 활동하고 있다. 학교 도서관에서 봉사하고, 시립도서관에서 어린이 책에 관련된 강좌를 듣고 어린이도서연구회에서 책을 읽으며 토론하고 활동하며 책을 좋아하던 예전의 내가 느껴지기 시작했다. 생활환경이야 미혼 때와 너무 다르지만, 예전처럼 책에 빠져 있는 시간이 좋았다. 그 좋은 느낌을 아이도 함께 느꼈으면 했다. 도연이와 정윤이에게 책을 읽어주기 시작했다. 글을 익히기 위해 읽어주던 때와 다르게 아이들도 책을 듣는 재미에 빠져들었다. 어떨 땐 신랑도 같이 들었다. 내 아이들이 좋아하는 걸 보니 아이 친구에게도 좋은 경험을 주고 싶었다. 하지만 의욕만으로 모든 게 다 이뤄지진 않는다. 나서서 무언가를 하려면 자격증과 경력이 요구된다. 자격증과 경력이 필요 없는 기회가 필요했다.

원하는 건 간단했다. 나는 책을 읽어주고 아이들은 듣는 시간. 공부를 위한 책 읽기가 아닌 온전히 책을 읽는 즐거움을 함께 느끼고 싶었다. 편하게 의견을 내고 도움을 구할 수 있는 곳을 생각하니 학교가 떠오른다. 학교 사서 선생님께 의논했다. 사서 선생님도 긍정적인 반응을 보이며 학교에 의견을 물어보기로 했다. 다음 단계는 함께할 활동가를 모집하는 것이다. 도서관 봉사자를 대상으로 활동가를 모집했다. 1, 2학년을 대상으로 두 주일에 한 번, 1교시 시작 전 그림책 읽어주는 활동을 시작할 수 있었다. 일 년 활동 후, 책 읽어주기 활동을 한 주에 한 번으로 늘려달라는 선생님의 요청을 들을 수 있었다.

돈과 시간을 투자해 열심히 배우면 알려주고 싶고 써먹고 싶은 마음이 든다. 기회를 얻으면 활용할 수 있지만, 기회를 얻지 못하면 바람으로 머물고 만다. 하지만 마음먹는다고 기회가 바로 오지는 않는다. 거기다 나도 사람이기에 내가 한 노력에 대한 보상으로 수익을 기대하기도 한다. 수익을 바라는 건 자신의 노력에 대한 정당한 바람이다. 하지만 배우기만 하고 배운 걸 충분히 익혀 내 것으로 만들지 못한 상태에서 대가를 바란다면 정당한 바람이라 할 수 없다. 배운 걸 온전히 내 것으로 만드는 과정이 필요하다. 그런데 아이러니하게도 대부분의 일은 경력자를 선호한다. 일을 맡기는 사람 입장에선 초보보다 경력자가 안심되는 걸 뭐라 할 수 없다. 하지만 신입, 초보, 아마추어를 거쳐야지만 '경력자'라는 타이틀을 달 수 있는 진실 앞에서 초보는 좌절한다. 이런 초보들에게 봉사라는 명목으로 포장한 기회를 제안하기도 한다. '열정 페이'란 말을 무기처럼 사용하는 예가 그런 것이다. 어떻게든 기회를 잡아보려는 애타는 마음을 정당한 대가를 지급하지 않고 '열정'이란 말로 사람의 마음을 이러지도 저러지도 못하게 옭아매는 것이다. 분명 일부에서 그렇지만 간절한 입장에선 무시하지 못한다. 기회가 필요하기에 열정을 조건으로 옭아매는 것까지 다 받아들이지는 말라는 점을 짚어주고 싶다. 물론 그 기회가 나의 가치와 맞아떨어진다면 괜찮다. 하지만 그렇지 않다면 다른 방법을 찾으면 된다.

혼자 집에서 하든, 누구에게 부탁하든, 어느 곳에서 참관하든 배움에서 그치지 않고 활용할 기회를 만들고 잡아야 한다. 그 기회는 내가 만들고 선택하지 않으면 잡을 수 없는 건 예나 지금이나 변함이 없다. 나도 국가자격증과 민간자격증을 다 합해 수십 개의 자격증과 수료증을 가졌다. 그 많은 자격증 중 봉사로, 재능기부로, 아니면 내 아이에게라도 적용해서 활용한 자격증은 온전히 내 능력이 되었다. 주위에도 다양한 자격증을 보유하고 있는 사람이 제법 있다. 그걸 잘 활용하는 사람도 있지만 아깝게 활용하지 못하는 사람도 많다. 무엇이든 궁금하고, 하고 싶어 배웠으면 작은 기회일지라도 그걸 활용해 활동하면 좋겠다. 어떤 기회라도 활용해 본다면 금전적 수익이 따르지 않아도 배운 것이 확실히 내 것이 되는 보상은 받을 것이다. 절대 소득 없는 활동은 아니다. 지금 묵혀둔 자격증과 수료증을 찾아보길 바란다. 그중 내 미래를 바꿔 줄 황금 동아줄이 있을 줄 누가 알겠는가.

6
내일은 오늘보다 덜 후회하기

만화방을 나서며 느꼈던 여유로움 가득한 행복을 잊지 못한다. 지금은 IT의 발달로 종이책이 e-북으로 나오고 종이 만화책보다 웹툰을 즐겨보기에 만화란 단어의 사용이 줄었다. 그래도 여전히 종이를 넘기며 읽는 종이책이 좋다. 만화는 어릴 때부터 계속 좋아했다. 옛날 만화방은 책장 가득 만화책이 있고 의자와 탁자가 있었다. 한 권당 50원, 100원으로 계산하고, 한번 보기 시작하면 완결편까지 보고 싶어 몇 시간이고 앉아 있기도 했다. 그러다 찾으러 온 엄마에게 혼나며 집으로 끌려가기도 했다. 완결편까지 옆에 쫙 쌓아두고 읽는 맛이란 경험해보지 않은 사람은 모른다. 만화책을 좋아하는 사람이 내 단짝인 남편이라 정말 행운이다. 그 덕에 신혼 시절, 주말이면 만화방에서 하루를 보내기 일쑤였다. 만화방 특유의 오래된 책 냄새가 좋았다. 가득 쌓인 만화책에 짜장면까지 앞에 놓이면 파라다이스가 따로 없다. 낮에 들어가서 저녁에 나온다고 쫓아올 엄마도 없으니 그런 행복이 어디 있겠는가.

어릴 때 오후 5시 30분 정도가 되면 텔레비전에서 만화를 방영했다. 밖에서 한참 놀다가도 그 시간에 맞춰 텔레비전 앞에 자리를 잡고 앉았다. 〈요술공주 밍키〉, 〈독수리 오형제〉, 〈마루치 아루치〉, 〈태권V〉 등 시리즈로 하는 만화는 봐도 봐도 재밌었다. 그 계보를 이어 아이들은 〈뽀로로〉를 보며 자랐다. 만화는 아이들이 좋아하는 장르라고 생각했는데 어른이 되어도 재밌다. 아이가 〈뽀로로〉를 보면 나도 모르게 같이 앉아 보고 있다. 〈뽀로로〉 극장판이 나오면 아이와 같이 가서 내가 더 즐기면서 봤다. 지금도 보고 싶은 애니메이션이 개봉하면 온 가족이 나들이 삼아 같이 간다. 그렇게 온 가족이 출동해서 본 영화는 오래도록 기억에 남는다.

사회적 이슈를 다루고 새로운 관점을 열어주는 영화도 그렇겠지만 자기 반영이 되는 영화가 기억에 오래 남는다. 몇 번을 보고 또 봐도 좋은 애니메이션 〈씽Sing〉(2016)이 있다. 〈씽〉은 극장주 '버스터 문Moon'이 극장을 다시 되살리기 위해 오디션을 열면서 시작한다. 각자의 사연과 목적을 가지고 오디션에 참가한 주인공 중 유독 돼지엄마 '로지타'에 자꾸 눈길이 간다. 결혼 전 가수로 활동했지만, 결혼 후 스물다섯 쌍둥이의 엄마가 된 로지타는 가수의 꿈을 이루기 위해 오디션에 참가한다. 월등한 노래 실력으로 오디션에 합격하지만, 합격의 행복을 느끼는 시간은 잠깐, 뭐 하나 마음처럼 되는 게 없다. 남편에게 오디션 소식을 알리고 응원받고 싶으나 일에 치여 피곤한 남편은 이야기를 듣는 둥 마는 둥 한다. 연습실에 가려 해도 스물다섯 쌍둥이를 돌봐 줄 보모 구하기는 하늘의 별 따기다. 노래만 선보이는 독무대를 바랐으나 듀엣이 된 파트너와 버스터 문은 로지타에게 댄스곡을 권한다. 생전 처음 춤을 연습하지만, 결과는 자신의 노력만큼 나와주지 않는다. 환경도 조건도, 도움을 주는 이도 없다.

내가 로지타라면 오디션을 볼 엄두도 못 냈다. 자신의 꿈을 이룰 기회가 왔지만, 편히 전념할 수 없는 환경과 내 능력 밖의 과제는 금쪽같은 기회를 포기하고 싶을 만큼 힘들다. 로지타에게 내가 보이는 듯해 이 난관을 어떻게 헤쳐나가는지 궁금해졌다. 로지타는 보모를 구하지 못하자 아이들의 기상과 아침 식사, 등원 준비 등 아침 일정을 도와줄

보조 기계를 손수 만든다. 자신에게 주어진 과제인 춤을 연습하기 위해 바닥에 발자국 모양의 스텝 노선을 만든다. 하고 싶은 걸 하기 위해 로지타는 최선을 다한다. 하지만 아파서 등원 못 한 아이를 데리고 연습실에 가야 하고 연습량에 비해 늘지 않는 춤 실력 등 이상과 현실은 다르다. 결국은 중도 포기를 선언하고 집으로 향한다.

새로운 걸 배우는 게 너무 재미있었다. 배우는 맛을 알게 됐다. 성적에 구애받지 않으니 공부에 재미가 느껴졌다. 아이들도 그럴 것인데 교육 현실상 그게 참 안 된다. 교육 환경과 입시제도에서는 공부를 성적과 동일하게 본다. 세상은 하루가 다르게 변하는데 교육은 오랜 기간이 지나도 작은 변화를 기대하기 어렵다. 방송통신대학교를 졸업하고 숭실사이버대학교 청소년코칭상담학과로 재편입을 했다. 햇수로 4년을 꼬박 공부했다. 공부는 이게 끝이려니 했는데 대학원까지 이어졌다. 사이버대학이라는 과정이 편하다고 말하는 사람도 있지만 혼자 해야 하는 공부인지라 의지를 잡지 못하면 중도 포기자가 된다. 방송통신대학은 출석수업을 들어야 하는 과목이 있다. 거기다 기말고사는 오프라인으로 진행되기에 온종일 시간을 내어 시험장에 있어야 한다.

아이가 어렸기에 편한 마음으로 받아들여지지 않았다. 사이버 대학은 온라인으로 시험을 치르니 방송대보다 편하기는 하나, 정해진 날짜와 시간에 일이 생기는 경우 시험을 포기하거나 아니면 어떤 상황에서라도 컴퓨터를 켜 시험을 쳐야 한다. 시아버지 칠순에 맞춰 여행 일정을 잡았는데 공교롭게도 시험이 겹쳐 여행지에서 컴퓨터 앞에 앉아 있었던 적도 있다. 네 가족의 아내이자 엄마로 친인척이나 지인 찬스 한 번 쓰지 못하는 환경에서 학기마다 여섯 개 이상의 과목을 수강하며 기간 내 과제 제출에 중간고사, 기말고사 등 학사 일정 맞추기 빠듯했다. 저녁 설거지까지 마무리하고 컴퓨터 앞에 앉으면 메아리처럼 울려대는 "엄마!"는 왜 그리 끊이지 않는지. 바로 옆에 아빠가 있는데 왜 꼭, 굳이 엄마를 부르는지. 숙제할 시간, 준비물 챙길 시간 넉넉했는데 왜 꼭 내가 공부하는 시간에 도움을 구하는지 정말 알다가도 모를 일이다.

"내가 이러고 있는데 아이들이 부르면 자기가 좀 챙겨주지. 왜 꼭 나만." 속마음이 그냥 속마음으로 끝나면 되는데 짜증이 되어 말로 섞여 나온다. 그러고 나면 또 후회한다. '내가 뭐 하려고 이러고 있지?' '무슨 영광을 보려고 이러고 있지?' '이래서 중도 포기하는구나.' '나도 그만할까?' 현실을 돌아봤을 때 그런다고 해도 누구 하나 뭐라 할 사람 없고, 그게 맞다고 잘했다 칭찬받을 수도 있다. 내가 그만두기만 하면, 공부할 시간에 아이를 챙겨주는 엄마의 역할에 충실할 것이다. 그만두기만 하면 자기 꿈만 좇는 매정한 엄마라는 말은 안 들어도 된다. 남편에게 한숨 섞인 원망을 하는 갈등도 안 생길 거다.

꼬리에 꼬리를 무는 생각의 끝을 자꾸 잡아도, 아무리 생각하고 고민해도 그만둘 수가 없었다. 아니 그만두기가 싫었다. 또 예전처럼 후회가 남는 건 싫었다. 그래서 생각을 바꿨다. '모든 일을 내가 다 하려 하지 않아도 돼.' '완벽한 게 어딨어.' '애들도 많이 컸어.' '가족은 서로 도와야지. 그리고 솔직해야지.' 가족회의를 열어 내가 하고 싶은 공부를 지금 하지 않으면 후회가 남을 것 같다는 마음을 말했다. 그래서 퇴근 시간을 정하겠다 했다. 엄마이자 아내로서 퇴근 시간은 저녁 9시. 퇴근 후엔 학생으로 공부해야 한다며 이해를 구했다. 어렵지 않다는 의견과 응원을 등에 업고 9시 퇴근을 시작했다.

'과연 될까? 날 안 찾을까? 찾으면 어쩌지?' 염려스러웠고 염려는 망설임으로 이어졌다. 이쯤에서 '그런데 생각보다 잘 진행되었다.'라고 해야 이야기가 되겠지만, 실상은 그

렇지 않았다. 분명 9시 퇴근을 확정했는데 근무시간 외 업무는 이어졌다. 나도 무 자르듯 단칼에 거절할 수 없었기에 퇴근 시간을 무시하지 않는 선에서 들어줄 건 들어주었다. 퇴근 시간이 칼같이 지켜지진 않았지만, 엄마는 밤에 공부한다는 이미지가 서서히 생기기 시작했다.

〈씽〉에 나오는 로지타는 중도 포기를 선택했지만 꿈에 대한 열정이 식지는 않는다. 재도전을 결심한 로지타는 최선을 다해 연습해 무대에 올라 자신의 꿈을 펼친다. 난 〈씽〉에 나오는 로지타가 아니다. 그렇기에 나의 현실 문제를 단박에 해결할 수 있는 도구를 발명할 수 없다. 도구를 발명한다 해도 내가 처한 현실이 단박에 바뀌지도 않는다. 로지타처럼 나도 아내고 엄마이며, 도움의 손길을 구할 곳도 없다. 노력만으로 좋은 결과를 바랄 수 있는 영화 같은 삶도 아니다. 내가 처한 상황은 현실이다. 그럼에도 불구하고 로지타와 같은 점은 포기하지 않는다는 거다.

내가 원하는 건 대단한 업적을 남기는 것도, 저명한 학자나 유명인이 되는 것도 아니다. 어제보다는 오늘, 오늘보다는 내일 조금 덜 후회하고 사는 것이다. 하던 일을 하든 새로운 일을 하든, 작은 일을 하든 큰일을 하든, 티 나는 일을 하든 티 나지 않는 일을 하든 내가 원하는 일을 하며 사는 것이다. 무엇이든 하다 보면 힘들고 지칠 때가 있다. 나도 그럴 때가 있다. '다 때려치울까?' 싶기도 하다. 그럴 땐 시작할 때 마음을 되돌아보면 좋겠다. 그 첫 마음을, 첫 의지를 되새기는 것만으로도 계속해나갈 힘을 얻을 수 있다. 그러다 보면 내일은 오늘보다 덜 후회할 수 있다.

7
'앎'과 '깨달음'의 차이

책 읽기를 즐기면서 편독이 생겼다. 자기가 좋아하는 음식 위주로 먹는 것을 편식이라 하고 자기가 좋아하는 분야의 책 위주로 골라 읽는 것을 편독이라 한다. 굳이 문과, 이과로 사람의 성향을 나누고 싶지 않지만, 문과 성향이 강하기에 객관적인 사실만 적힌 책은 그다지 좋아하지 않는다. 읽으면서 이해 안 가는 부분도 많고 이상하게 같은 글자인데 어딘가 모르게 딱딱한 느낌이 들어 소화 안 되는 음식을 자꾸 욱여넣는 듯한 느낌이 든다. 책을 읽다 잠시 덮었다 다시 펼치면 앞에서 무슨 내용을 읽었는지 기억나지 않아 다시 앞부분을 뒤적거리는 경우도 허다하다. 온전히 책에 집중하지 못하기에 내용에 관한 이해가 부족한 것이다. 그렇게 편독의 부작용이 느껴지기 시작했다.

자신이 느끼기 시작할 정도면 심각한 것 아닐까 싶어 의무처럼 좋아하는 책 다섯 권을 읽으면 굳이 찾지 않던 지식, 과학 분야의 책 한 권을 읽기로 혼자 약속을 정했다. 약속을 정하고 그 순서가 다가오니 어떤 책을 읽어야 할지 고민이 됐다. 무지한 분야니 추천 도서를 찾아볼 생각에 도서관으로 향했다. 게시판을 먼저 훑었다. 행사와 모임, 추천 도서 등 도서관 관련 안내가 빼곡했다. 그중 '작가와의 만남' 행사가 눈에 들어온다. 관심을 가지고 보니 물리학자 김상욱 교수와의 만남이 예정되어 있다. 어차피 읽는 거 강연을 들으면 이해가 잘 될 것 같아 김상욱 작가의 『떨림과 울림』을 빌려와 읽기 시작했다. 예상했던 대로 낯선 용어와 내용은 마음에 남지 않았고 이해도 잘 되지 않았다. 과제를 마치듯 다 읽었다는 것에 만족하며 작가와의 만남에 참석했다. 시작하면서 물리학의 이해 정도에 관해 물어보는 것이 좋았다. 어느 수준으로 물리학을 이야기할 것인지 선택하기 위한 것은 청강자를 위한 배려였다. 나처럼 물리학에 관해 하나도 모르는 경우 높은 수준의 전문용어와 지식을 알려주면 백과사전 혹은 영어 원서를 들이밀며 이야기하는 것과 같기 때문이다. 다행히 그 자리엔 나와 같은 일반인이 많았기에 이해하기 쉽게 이야기를 이어갔다. 그래도 전자와 원자, 세포핵, 시냅스 같은 용어가 기본 단어로 구성된 두 시간은 재미있는 시간이 아니니다. 한 시간 정도가 지나갈 무렵 슬슬 한계가 느껴지기 시작했다. 그때 작가가 던진 질문이 침묵을 깼다.

"하늘에 뭐가 있죠? 밤이 되면 보이는 게 뭐예요?"

"별이요."

"그럼 태양은 뭐예요?"

'태양은 그냥 태양인데.'라고 속말을 했다.

"태양도 별이죠. 아주 강한 빛을 뿜는 커다란 별."

순간 번쩍했다. 그렇다. 태양도 별이다. 다만 다른 별들과 다르게 아주 크고 밝은 빛을 뿜어내는 별이다. 난 왜, 밤하늘에 빛나는 작은 행성만 별이라 생각했을까? 과학 시간에 지구 주위의 별 이름을 외우던 것이 생각났다. 그때 분명 태양도 지구도 그 별들 속에 있었다. 태양도 지구도 달도 하나의 별, 행성이다. 나는 분명 그렇게 배우고 시험도 쳤다. 그랬는데 왜 이렇게 까마득히 다른 것으로 생각하고 있었을까? 크기가 달라서? 빛의 강도가 달라서? 보이는 때가 달라서? 어릴 때 아침이 오면 태양이 뜨기 때문에 아침이 온다고 생각지 않았다. 아침이 되니까 태양이 솟아난다고 생각했다. 밤이 되어가기에 달이 뜬다고 생각했다. 지구의 자전과 공전을 배우면서 시간과 계절 등에 관해 이해하기 시작했지만 지식을 생활에 대입해 생각하는 건 습관이 되지 않았다. 지식은 지식일 뿐 내 삶과 연관 짓는 건 쉽지 않다. 이렇듯 무언가를 알아가려면 찾고 배워 지식을 쌓으면 되지만 그 지식이 삶에 녹아들면 우린 깨달음을 얻는다. 태양도 별이었다. 아주 밝고 큰 별, 밤이 아닌 낮에 볼 수 있는 별. 두 시간 동안 강의를 들었지만, 뇌리에 박힌 건 태양도 별이라는 것과 내가 얼마나 단순한 시선을 가졌는가에 관한 깨달음이었다.

공부를 계속하면 나도 모르게 새로운 지식이 머리에 쌓인다. '청소년'이란 키워드를 가지고 공부하며 청소년을 만날 때면 배운 지식을 총망라해 청소년을 이해하려고 노력했다. 청소년기 특성을 되뇌며 '이 시기 아이들의 특성이야.'를 주문처럼 외웠다. 그러면 뭔가 전문적이고 잘하고 있다는 자신감이 생겼다. 초등 5학년 아이들과 감정을 주제로 영화를 활용한 인문학 수업을 했을 때다. 그날도 청소년들과 의미 있는 시간을 가져보리라 다짐하며 강의를 시작했다. 반에 들어가기 전, 5학년 중 가장 통제가 안 되는 반이니 잘 좀 부탁한다는 선생님의 당부까지 들었던 터라 조심스러웠다. 한창 예민할 수 있는 나이기에 혹여나 아이들 앞에서 말실수라도 할까 봐 말 한마디 한마디가 신경 쓰였다. 그런데 선생님의 당부가 무색하게 아이들은 수업에 너무도 집중을 잘했다. 왜 그런 당부를 하셨는지 의문이 들 정도였다. 두 시간에 걸쳐 진행된 강의 중 첫 시간이 끝나고 두 번째 시간이 시작됐다. 자연스럽게 가족 혹은 지인과 자신의 감정에 관한 이야기로 이어졌다. 가족과 감정이 엮이니 여기저기 부모님과 자신의 갈등과 거기서 느낀 감정이 터져 나왔다. 끝낼 시간이 다가왔다. 감정과 공감, 표현의 중요성에 관해 이야기하며 마무리 짓는데 번개 치듯 거친 말이 들려온다.

"사춘기라는 시기엔 감정의 변화도 많이 겪고 기복도 있을 수 있어요. 그럴 땐 자신의 감정을 돌아보는 것도 좋아요. 지금 왜 그런 감정이 드는지 생각하는 시간도 가져보기를 바라요."

"에이 씨발, 결국은 우리 탓이라는 거네. 어른 탓은 없네."

난 뭐 한다고 청력이 좋은지, 들어버렸다. 앞에 있던 내가 들릴 정도였으니 다른 아이들도 들렸을 거다. 훈훈하게 마무리하려던 분위기가 순간 싸해졌다. 교실 전체에 긴장이 느껴졌다. 어떻게든 해야 했다. 당혹스러운 마음을 추스르고 그 아이에게 말을 건네려 하니 마치는 종이 울렸다.

나도 모르게 안도의 숨이 쉬어졌다. 잠시 생각할 시간을 벌었다.

청소년기 특성을 공부할 땐, '맞아. 청소년기 아이들이 몸도 마음도 이렇게나 큰 변화를 겪는데 감정적 변화와 표현은 당연한 거야.'라며 고개가 주억주억 끄덕였다. 분명 이론적으론 이해가 됐다. 하지만 실제로 만난 아이들의 반응은 지식으로 채워왔던 이해의 폭을 뛰어넘었다. 청소년기 아이들은 또래 문화를 만들고 비속어와 은어를 함께 쓰며 소속감을 느낀다고 이야기한다. 하지만 나이별 어느 정도의 욕을 일상으로 쓰는지 알려주는 책은 어디에도 없다. 설사 있다 하더라도 맞을 확률은 지극히 낮다. 수업은 끝났지만, 담임선생님께 부탁해 그 아이와 잠시 이야기 나눌 시간을 가졌다. "선생님이 좀 당황하기는 했어. 왜? 무슨 일이 있었어?" 아침에 엄마와 싸우다 와서 기분이 안 좋았다며 죄송하다는 말을 건넨다. 이야기 나눌 수 있어 다행이라는 말을 남기고 돌아섰다.

지식만 믿고, 아는 지식을 정답처럼 느끼며 삶을 그 틀에 맞춰 가면 갈등이 생기기 마련이다. 지식은 기본 설명에 불가하다. 만약 내가 청소년기 특징을 정답이라 생각하며 그 학생의 반응에 공감하고 이해하는 표현으로 그 말을 못 들은 척했다면 아이에게 도움이 됐을까? 자신이 무슨 말을 해도 아무 반응을 하지 않는 무관심한 어른이 한 명 더해질 뿐이다. 그 아이를 보면서 나의 청소년기를 떠올렸다. 내 주위엔 아이는 부족하고 어리다고 생각하는 어른만 있었다. 청소년의 의견과 감정은 반항으로 치부하고, 말투와 행동은 무조건 버릇없는 것으로 간주해버렸다. 그때 내가 바랐던 건 친구처럼 다가와 편히 말 걸어주고 고민 들어주는 어른이었다. 내가 손 내밀 때 손잡아주는 어른이었다. 청소년에 관해 공부하면서 청소년을 안다고 생각했다. 하지만 청소년을 만나면서 청소년이 손 내밀 수 있는 어른이 되어야 함을 깨닫는다. 그러기엔 난 아직 너무도 부족한 어른이라는 것도 깨닫는다. 지식은 '알아가는 것'이다. 지식을 습득했다고 모든 걸 안다고 착각해서는 안 된다. 알게 된 지식을 적용해 살아가고 활동하며 배운 목적이 무엇인지 깨달아야 한다. 아는 게 다가 아니다. 그 '앎'을 '깨달음'으로 승화시키는 것이 공부의 진정한 목적이다.

4장

나의 직업은 '강사'

어른이 되고 싶었다. 공부는 하기 싫고, 돈은 벌고 싶었다. 친구들과 늦게까지 놀 수 있고, 내가 원하는 걸 원하는 시간에 마음껏 하고 싶었다. 밤길을 돌아다니고 19금 영화도 당당하게 보고 싶었다. 그땐 어른의 책임과 의무는 보이지 않았다. 성인으로 누릴 수 있는 것들만 보였다. 뭐든 마음대로 하는 어른은 동경의 대상이었다. 고등학생인 큰아이도 나의 그때와 별반 다르지 않은 걸 보면 내가 이상했던 건 아닌 것 같다. 어른이 되고 싶은 바람은 시간이 지나면 자연적으로 이뤄질 거였지만 빨리 원하는 모습이 되고 싶었다. 그 바람은 일탈 행동으로 이어졌다.

주말인 어느 날, 친구들이 한 친구 집에 모였다. 부모님의 여행으로 친구만 있던 집에서 짜장면과 탕수육, 라면으로 성대한 파티를 벌였다. 그러다 친구 부모님의 진열장에 있던 양주가 눈이 들어왔고 우리들은 호기심에 병뚜껑을 땄다. 반 잔씩 돌려 마시고 인생의 쓴맛은 이런 것이라며 어른이 된 듯한 기분에 취했다. 들킬 수 있으니 더 마시면 안 된다며 뚜껑을 덮을 줄 알았으니 소심하다 해야 할지 분별력 있다 해야 할지 모르겠다. 거기까지면 알코올에 대한 호기심으로 끝났겠지만, 반 잔씩 마신 술기운에 그 시절 한참 유행하던 콜라텍으로 직진했다. 콜라텍은 소위 핫한 친구들만 드나드는 음료를 마시며 노는 클럽이었다. 중국집에서 탕수육 곱빼기를 외치던 우리에겐 엄청난 일탈이었다. 들킬까, 걸릴까 두근거리는 마음과 호기심은 한 친구의 복통으로 10분 만에 막을 내렸다. 그날 이후, 우리가 마신 양주는 졸업까지 별말 없었으니 안 들켰다고 짐작된다. 콜라텍에 대한 느낌은 환상을 가졌던 것만큼 대단하지 않았다 정도로 기억한다.

기대와 호기심을 가지고 들어간 10분간의 콜라텍 경험은 환상을 사라지게 했다. 한번 가 봤으니 더 이상 호기심은 생기지 않았다. 콜라텍의 경험처럼 어른이 되니 어른에 대한 환상과 기대, 호기심은 사라졌다. 그렇게도 원하던 어른이 되니 먹고살아야 하는 현실이 기다리고 있었다. 내 한 몸 책임지는 것이 이렇게나 힘든 일인가 싶었다. 직업을 정하고 직장을 구했지만, 마음처럼 되지 않은 사회생활에 여러 번 좌절했다. 분명 외식사업부의 매니저를 구한다는 구인광고를 보고 지원했다. 경력과 이력까지 무난하게 인정받아 합격했다. 분명 매니저로 알고 입사했는데 정작 맡겨진 일은 서빙이 다였다. 홀 관리와 인원 관리 등 매니저가 하는 일이 아니었다. 나이도 어리고 면접 볼 당시 홀인원이 한 명 나가 그 부분에 배정했다 한다. 면접 볼 때와는 다른 말을 들으며 그만둘까도 생각했지만 당장 생활비를 생각하면 그럴 수도 없었다. 뷔페 점장으로 들어갔을 때도 직책과 무관한 일이 계속 주어졌다. 당시 일반 뷔페와 무제한 고기 뷔페, 두 개의 사업장을 운영하고 있던 사장님은 정말 많은 일을 시켰다. 일반 뷔페 점장으로 취업했으나 일반 뷔페가 쉬는 시간엔 고기 뷔페로 데리고 가 일을 시켰다. 일반 뷔페에서는 점장이었지만 고기 뷔페에서는 아르바이트생과 다름없었다. 그렇다고 고기 뷔페에서 일한 임금을 계산해주는 것도 아니었다. 고용계약서와 무관한 노동이었지만 반박하지 못했다. 생각하고 계획하던 대로 착착 굴러가는 사회생활은 꿈에서나 가능한 일이다.

난 몸만 어른인 '어린 어른'에 불과했다. 나만 잘하면 된다고, 그럼 뭐든 이뤄진다고 생각하던 내게 사회는 호락호락하지 않았다. 그런 사회에 적응해야만 했다. 나도 먹고살아야 했다. 그런저런 이유로 난 호텔리어, 외식사업직원, 웨이트리스, 경리직원, 뷔페 점장, 학습지 교사, 아내, 엄마 등 많은 직업을 거쳤다. 그렇게 다양한 직업을 가졌던, 가지고 있는 난 지금, '강사'라는 직업을 가지고 있다.

1

슈퍼노멀super normal한 삶

친한 지인 둘이 있다. 친하다는 개념이 개인마다 다르기에 친함의 정도를 설명하자면 이 둘에겐 속마음을 그대로 드러내도 괜찮고, 힘든 일 있으면 만나 고민 상담을 하기도 하니 요즘 말로 찐친(진짜 친한 친구)이라 할 수 있다. 알고 지낸 지 오래되었기에 자녀들이 커 가는 것도 지켜보며 지냈다. 이 둘의 첫째들이 드디어 인생 최고의 고비라 할 수 있는 입시에 돌입했다. 입시는 아이도 부모도 예민한 시기임을 알기에 내 고민을 얘기하기보다는 그들의 고민을 들어주려 노력한다.

민선이가 혼자라는 느낌에 힘들다며 눈물을 보인다. 첫째가 고2에 들어섰다. 공부를 잘하는 아이라 선망하는 학교로 진학해서 잘 다니고 있다고 알고 있었다. 매일같이 연락하진 않았기에 무소식이 희소식이라 생각하며 지냈다. 간혹 메시지로 안부를 묻고 그럭저럭 지낸다는 말을 나누며 몇 달이 흘러갔다. 안부만 주고받다 오랜만에 만난 민선이의 모습은 예전 밝고 유쾌한 모습이 아니었다. 아이가 학업에 엄청난 스트레스를 받고 있고 그로 인해 자신도 너무 힘들어했다. 아이의 불안과 스트레스를 낮추기 위한 방법을 찾아 사방팔방 뛰어다니고 있는데, 일순간 아이가 다 포기한다고 하면 어쩌지 싶어 자신도 불안하다 한다. 혼자 감당하기 힘들어 남편에게 도움을 청하지만 그마저도 쉽지 않고, 둘째도 사춘기에 들어섰는지 태도가 예전과 같지 않아 힘듦이 배로 늘었다 말하며 끝내 눈물을 보인다. "주말에 집에 있으면 이런 생각이 들어요. 이 집에 안달복달하는 나만 없으면 다들 행복할 텐데 내가 세 사람의 행복을 방해하고 있는 건 아닐까 하고요. 나만 없으면 갈등이 없을 것 같아요."

정필이는 남편이 두 아이를 편애해 속상하다고 하소연한다. 첫째는 발레를 전공한다. 중학생 때 전공으로 선택했기에 어릴 때 시작한 아이들과 비교하면 늦은 감이 없진 않다. 모든 운동이 그렇지만 발레도 배우고 공연하는 것 등에 돈이 많이 든다. 최선을 다해 지원하지만, 레슨비에 공연비,

운동복 등 솔직히 힘에 부친다며 한숨을 쉰다. 거기다 힘을 더 빼는 건 아이의 철없는 말과 행동이다. '누구 엄마는 이런 것도 해줬어.'처럼 비교하거나 힘들다고 투정 부릴 때면 어디까지 받아줘야 하나 고민스럽다. 자신은 그래도 참지만, 남편이 첫째의 그런 면을 싫다고 말할 때면 도리어 첫째에게 미안해지기도 한다. 거기다 남편은 큰아이와는 다르게 눈치껏 행동하는 둘째를 예뻐한다. 정필이도 첫째에게 화가 날 때가 있지만 남편이 첫째는 미워하면서 둘째를 예뻐하는 걸 보면 화가 난다고 했다. "애 때문에 화가 미친 듯이 날 때가 있어요. 내가 뭘 못 해줬나, 잘못했나 아무리 반문해도 모르겠어요. 화가 나서 소리 지르고 짜증 내고 나면 또 괜히 미안해져요. 좀 참을 걸 하고. 그런데 남편은 왜 그런 건지, 내가 큰애를 밖에서 데리고 온 것도 아닌데 작은애만 챙기는 것 보면 애 아빠가 저래도 되나 싶어요. 그럴 땐 첫째가 짠해 보이기도 하고요."

민선이와 정필이의 사연을 들으며 '세상에 어떻게 저런 일이'라고 생각하는 이가 몇이나 될까? 아마 '나도 저런 적 있었는데.' 혹은 '나는 저보다 더한 일도 있었는데.'라고 생각한다. 이런 경우가 특정한 대상에게 일어나는 대단한 일이 아니라는 의미다. 그렇다고 별일 아니라며 사소한 일로 치부할 정도는 더더욱 아니다. 인생의 중요한 시기에 생기는 갈등이기에 잘 해결하고 지나가지 않으면 삶의 방향이 달라질 수도 있다. 당사자의 힘듦과 괴로움은 절대 사소하지 않다. 아이를 키우고, 그 시기 아이를 키워 본 사람은 자신이 겪은 정도의 힘듦이라 생각한다. 혹은 내가 힘들고 괴로웠던 것보다 덜 힘들어 보여 '뭐 그 정도로 저렇게까지.' 라고 생각하기도 한다. 그렇게 생각하는 사람에게 물어보고 싶다. 차 문을 닫다가 손가락이 끼어 다쳤다. 아픔도 아픔이지만 골절로 기브스를 한 탓에 일상생활이 영 불편하다. 지인을 만나 아픔과 불편함을 호소하는데 지인이 자신은 빗길에서 미끄러져 발목을 다쳐 기브스를 한 적이 있다며 기브스에 목발까지 짚고 다녔던 자신의 아픔과 불편함에 비교해 그건 별거 아니라고 한다면 어떨까?

학부모, 성인 대상으로 자녀 성교육 강의를 하다 보면 질문을 많이 받는다. 강의가 끝나고 차에 오르기까지 질문 공세가 이어지기도 한다. 질문은 공개적으로 답할 수 있는 것도 있고, 깊이 있는 상담으로 이어질 만한 것도 있다. 그날도 강의 끝나고 한 분이 다른 사람이 다 가기를 기다린다. 말하기 전부터 손과 눈의 떨림만 봐도 불안하다는 것을 알 수 있었다. "선생님, 저기…. 저희 아이가 이제 10살 남자아

인데요. 폰은 없는데, 그래서 제 폰으로 잠깐씩 게임하고 유튜브 보는 정도거든요. 아주 잠깐씩이요. 그런데 얼마 전에 검색 이력을 보니 여자의 몸, 여자가 궁금해요. 이런 게 뜨더라고요. 어떻게 하죠?" 물어보기 전까지 어머니의 머릿속엔 누구에게도 말 못 할 걱정과 염려, 두려움이 공존했을 것이다. 어머니의 불안함과 염려에 대한 공감, 질문 대한 적절한 답변, 이후 아이를 대하는 방법과 성교육 대안까지 이야기 나누었다. 더 궁금한 게 있거나 당혹스러운 상황이 생겨 도움말이 필요할 때 연락하라며 명함을 건네고 헤어졌다.

'슈퍼노멀super normal'이란 말이 있다. 미술 용어로 평범함 속에 존재하는 비범한 아름다움을 이르는 말이다. 겉으로 드러나는 화려함을 배제하고 형태와 기능, 감수성의 삼박자를 균형 있게 갖추어 일상에서 은은한 빛을 발하는 디자인을 이르기도 한다(출처: 우리말샘). '슈퍼super'는 '굉장한, 비범한'이란 의미고, '노멀normal'은 '보통의, 평범한'의 의미를 담고 있다. 의역하면 평범함 속에 존재하는 비범한 아름다움이라 할 수 있겠다. 우리는 비범한 것이 특별하다고 생각한다. 반대 의미로 평범함을 꼽기도 한다. 이렇게 전혀 어울릴 것 같지 않은 반대 의미를 가진 두 단어가 합쳐져 하나의 단어가 됐다. 그렇다면 슈퍼노멀한 것은 어떤 것일까? 지인들의 사연이나 강의 수강생들이 불안함과 염려가 담겨 떨리는 목소리로 질문한 사연은 자녀를 키우며 살아가는 사람이라면 누구나 겪는 평범한 이야기로 생각한다. 하지만 당사자들에겐 결코 평범한 사연이 아니다. 평범하고 별 탈 없이 흘러가던 안정적인 삶에 큰 파문을 일으키는 사건이다. '노멀normal'한 삶에 '슈퍼super'한 일이 생긴 것이다. 나에게 슈퍼한 일을 다른 사람이 노멀한 일로 만들 권리는 없다.

강의하며 사람들을 만나고 그들의 이야기와 삶을 듣는다. 강의는 일방적 방향으로 나아가는 게 아니라 서로의 이야기와 삶이 교류하는 장이다. 듣다 보면 '나도 그랬는데.' '나와 비슷하다.'라는 생각을 하며 위안을 받기도 하고 위로를 건네기도 한다. 비슷한 삶의 형태를 띠고 있다고 같은 삶을 사는 건 아니다. 내 삶이 있고, 그 사람의 삶이 있다. 각각의 삶엔 각각 다른 희로애락이 있다. 삶의 희로애락의 크기와 강도는 비교될 수 없다. 비슷하다고 같은 건 아니다. 우리는 모두 '슈퍼노멀super normal한 삶'을 살고 있기 때문이다.

2

그렇게 난 강사가 되었다

자격은 일정한 신분이나 지위, 일정한 신분이나 지위를 가지거나 일정한 일을 하는 데 필요한 조건이나 능력을 뜻하는 말로 유의어로는 신분, 격, 권리가 있다.(출처: 표준국어대사전) 자격을 갖춘다는 건 이렇게 여러 가지를 갖춘다는 걸 의미한다. 자격은 태어나면서부터 가지고 있기도 하지만 살아가면서 갖춰가는 경우가 더 많다. 어떠한 일을 하기 위한 자격을 갖추려 배우기도 하고 배우는 것 자체가 좋아 배우기도 한다. 전자의 경우는 목표와 목적이 명확하기에 배우는 방향이 일정하다. 기본과정과 심화과정을 거치며 깊이가 깊어진다. 그러다 보면 전문가의 반열에 오르게 된다. 후자는 배우는 분야와 방향이 일정하지 않다. 뭔가를 배우다 다른 것에 흥미가 생기면 새로운 것을 배우길 주저하지 않는다. 전자의 길을 걷는 사람이 후자의 사람을 보면 왜 자꾸 새로운 것을 배우는지 이해가 되지 않을 수 있다. 시간도 투자 비용도 아까워 보인다. 목적을 가지지 않고 배우는 것은 낭비처럼 느껴질 수 있다. 그럼 후자는 정말 배움의 기쁨만으로 배우는 걸까? 호기심과 기쁨, 그 외 다른 이유는 없는 걸까? 나는 어디에 속하는 길을 걸었나 생각해보면 후자에 가깝다. 그렇기에 그 외 다른 이유를 말할 수 있다. 나도 목적성 있게 배우고 싶었다. 아마추어가 아닌 경력자, 전문가의 반열에 들고 싶은 마음이 나라고 왜 없었겠는가. 하지만 내가 어떤 일을 하고 싶은지 알 수 없었다. 하고 싶은 일을 하면 된다고 하지만 그걸 찾기가 힘들다. 자격을 갖춘 경력자도, 전문가도 되고 싶지만 정작 어떤 분야를 선택하고 파고들어야 할지 찾고 선택하는 것만큼 힘든 일도 없다.

결혼 후 다시 사회로 발을 들이면서 처음으로 배운 것이 독서지도였다. 직업으로서가 아니라 내 아이에게 활용하기 위해 배우기 시작했다. 배우고 나니 아이와의 소통이 잘 되는 것이 느껴졌다. 내 아이에게 좋은 영향이 미친다는 것을 확인하고 나니 다른 아이들을 만나고 싶은 욕심이 생겼다. 궁금해졌다. '내 아이들은 이렇게 받아들이는데 다른 아이들은 어떨까? 어떤 말을 할까? 어떻게 느낄까?' 책을 가지고 아이들과 만날 자격은 갖췄지만, 그 자격이 국가자격증도 아니니 하고 싶다고 한들 "어서 오세요. 여기서 활동해 주세요." 하고 반겨줄 리 만무했다. 기회는 오지 않고, 어떻게 그런 기회를 만들 수 있는지도 알지 못한 채 시간만 흘러갔다. 시간이 지나면 아이들을 만나고 싶은 생각도 줄어들 줄 알았다. 하지만 줄어들기는커녕 생각이 욕구가 되고 욕망으로까지 커졌다.

어떻게든 아이들과 만날 방법을 찾아야 했다. 생각 끝에 가장 먼저 손을 내민 곳이 도연이 친구들, 그리고 함께 공부하는 선생님의 자녀들이었다. 첫 번째로 도연이 반 친구 엄마 세 명을 만났다. 8차시로 한 시간씩 책을 읽고 이야기 나누는 활동을 해 보자는 의견을 냈더니 흔쾌히 승낙한다. 일주일에 한 번씩, 두 달 동안 네 명의 아이를 꾸준히 만날 기회를 만들었다. 두 번째로 공부를 함께하던 선생님들을 만나 자녀들을 2차시 혹은 3차시 정도씩 돌아가며 수업을 해 보자 건의했다. 자녀의 나이가 비슷비슷해 다들 찬성했다. 그렇게 여섯 달 정도 수업을 진행했다. 강의계획서 만들기를 시작으로 책을 찾고 반복해서 읽으며 함께 나눌 이야기와 활동을 고민했다. 같이 공부하는 선생님들과 읽고 나누

며 수업을 만들어 갔다. 수업을 준비하고 지도하는 동안 너무도 좋아 입가에 웃음이 떠나지 않았다. 기회가 왔다는 것만으로 충분하다 느껴졌다. 시행착오를 거치는 동안 시립도서관에서 '어린이도서연구회' 이름으로 여러 활동을 했다. 도서관을 견학하는 어린이집이나 유치원 아이들에게 책 읽어주는 활동, 지역 주민들을 대상으로 하는 빛그림 공연, 주제별 책 전시 등 점점 도서관에서 활동하는 기회가 늘어났다. 도서관에서 활동하다 보니 자연스럽게 사서 선생님과 친분이 생겼다. 그렇게 서서히 인적 네트워크가 넓어지기 시작했다.

결혼 후 가족을 통한 인맥이 다였던 인간관계가 나의 사회생활로 방향을 바꿔 만들어지기 시작했다. 그것만으로도 좋았다. 내가 중심이 되어 형성된 관계는 색다른 느낌이 들게 했다. 결혼 전엔 당연히 여기던 것들이 귀하게 여겨졌다. 기회는 예상 못한 순간 갑자기 온다. 사서 선생님이 할 말이 있다며 사무실에서 잠시 보자 한다. 당연히 어린이도서연구회와 관련된 일이겠거니 하며 따라 들어갔다. 초등 중학년과 고학년을 위한 방학 특강 수업을 의뢰받았다. 전혀 예상하지 못했지만, 고민은 단 2초. 기회를 놓칠 수 없었다. 드디어 내게도 기회가 왔다는 것에 설레고 뿌듯했다.

고민하던 2초가 당시엔 그렇게 길게 느껴질 수가 없다. 2초 동안 들었던 생각은 짧지만 강렬했다. '내가 수업을 할 자격이 있는가?' 내게 '자격'은 곧 능력이다. 능력은 내가 가졌다 생각한다고 갖춰지는 게 아니다. 내가 인정하는 것도 중요하지만 다른 이에게 인정받을 만한 능력도 있어야 한다. 그러기 위해 가장 쉬운 방법은 자격증을 갖추는 것이다. 내세울 자격증은 갖춰졌고 할 수 있다는 자신감만 있으면 됐다. 귀한 기회가 찾아왔으니 자신 없다고 선택을 하지 않으면 영영 기회가 올 것 같지 않았다. 그렇게 시립도서관에서 수업을 시작하게 됐다. 수업에 책정된 예산이 없다는 이야길 하며 재료비는 지원해줄 수 있다고 말하기에 수업료는 기대하지도 않았다. 이런 이야길 하면 그렇게 무급으로는 수업 못 한다는 말을 제법 듣는다. 그때 나에겐 수업료보다 수업할 기회가 더 간절했기에 가능했던 선택이었다. 간절함의 순위에 따라 선택도 달라지는 것이니까. 그 순간이 다시 온다 해도 같은 선택을 할 것이다.

수업 마지막 날, 아이들에게 평가서를 받으니 해냈다는 뿌듯함이 밀려왔다. 강의실을 정리하고 나가려는데 사서 선생님이 들어온다. 평가서를 건네고 간단한 피드백을 나누는데 서류를 건넨다. 받아드니 '강의 확인서'와 '강의료 정산서'다. 수업료 받을 생각을 안 하고 있었는데 얼떨떨했다. 많은 금액이 아니라 미안하다는 말을 들으며 '강사 확인란'에 사인하니 기분이 묘했다. 수업료를 받는 것에 기분이 묘한 게 아니라 내가 '강사'라는 것에 기분이 묘했다. 삶을 살아가면서 '강사'라는 직업을 가질 거라 생각도 못 했다. 내가 생각하는 강사는 많은 사람 앞에서 당당하게 말하며 강의를 통해 울림을 주는 사람이었다. 사람들 앞에서 말하는 것에 울렁증이 있는 내가 가질 수 있으리라 생각지도 못한 직업이었다. 아이들과 수업을 하는 난 선생님이란 호칭으로 불리기에 직업을 '선생님'이라 생각했다. 그런데 생각해 보니 나처럼 수업하는 사람을 일반적으로 강사로 부른다. 다시 시작한 사회생활에서 가진 직업, 그렇게 난 강사가 되었다.

3
나를 이끄는 하나의 단어

사람마다 에너지를 받는 장소가 있다. 가면 마음이 편해지고 힘들면 가고 싶은 곳, 엄청난 무언가가 생기거나 얻어지지 않는데도 안 가면 허전한 곳이 있다. 그곳이 내게 힘이 되는 곳, 에너지를 받는 곳이다. 집 안에도 한두 곳 정도 그런 곳이 있다. 내겐 거실 앞 베란다와 주방 안에 있는 내 책상이 그곳이다.

일을 시작하면서 나만의 공간이 갖고 싶었다. 여유 방이 있으면 고민 없이 만들면 되지만 남아 있는 방이 없었기에 고민하기 시작했다. 꿈꾸듯 이사를 생각해 본 적도 있지만 이사가 마음먹는다고 바로 갈 수 있는 것도 아니니 그건 패스. 꼭 나만의 공간이 있어야 하는 건 아니지만 있으면 마음의 안정을 얻겠다 싶었다. 그런 생각을 계속하다 보니 '없어도 괜찮아.'란 마음이 '꼭 있으면 좋겠다.'는 마음으로 발전됐다. 집 안에서 공간을 찾기 시작했다. 방처럼 구분된 공간이 아니어도 괜찮았다. 앉아 일할 수 있는 의자 하나 놓을 공간이면 좋겠다 싶었다. 한정된 공간에 새로운 구역을 만들어내는 건 힘든 일이다. 그래도 찾으면 있다. 몇 해 전 문구점에서 표어 형식의 글귀를 사서 주방에 붙여 둔 것이 보인다. '쓸고 닦으면 새로운 공간이 열린다.' 딱 그 말이 맞다. 찾으니 보인다. 주방 안 1미터가량 비어 있는 벽이 눈에 들어온다. 그곳에 너비 50센티 정도 되는 탁자를 사다 놓으니 자기 자리인 양 딱 맞아떨어진다. 지금도 그곳에 앉아 이 글을 쓰고 있으니 정말 찾으면 보인다. 이렇게 내 공간이 생겼다. 고등학생 시절 책상은 하기 싫은 공부를 해야 하는 가구였는데 지금은 내 공간, 내 영역의 의미가 더 크다. 내 것, 나만의 공간. 공개되어 있지만 내 전용으로 구분되는 것의 힘이 그렇게 셀 수가 없다. 학생일 때 이런 의미와 소중함을 알았으면 더 열심히 할 수 있었을 텐데 하는 후회가 되지만 지금 이 생각을 그대로 가지고 돌아가지 않는 한, 다시 돌아간다 해도 마찬가지일 거다.

에너지를 불어넣어 주는 공간이 있듯이 사람도 마찬가지다. 만났을 때 힘을 받는 사람이 있다. 그 사람을 만나고 나면 기분이 좋아지고 활기가 돈다. 새로운 일을 해 보고 싶은 의지가 생기거나 미뤄놨던 일을 하려는 마음이 생기기도 한다. 괜스레 그날은 활력이 넘쳐 하루를 마무리하는 시간까지 얼굴에 웃음이 떠나지 않는다. 그 사람과 보낸 시간이 아깝지 않고 다음에 만날 날이 기다려진다. 반면 만나고 나면 잠시 만났음에도 불구하고 피곤함이 밀려오는 사람이 있다. 짧은 시간 만남에도 불구하고 온종일 시간을 투자한 듯 몸이 녹초가 되어 축축 처진다. 피곤해 잠이 쏟아지기도 한다. 다음엔 조금 더 짧게 만나야지. 혹은 굳이 일 없으면 안 만나야겠다고 생각하며 만남을 미루기도 한다. 물론 그날 몸 상태 따라 달리 느껴질 수도 있다. 긴장하고 만나야 하는 대상이라면 만남 후 피곤함을 느끼는 건 당연하다. 그러나 그렇지 않은 경우라면 '나와 에너지가 안 맞는 건 아닐까?'라는 생각을 한 번쯤 해 봐야 한다. 에너지를 주고받는다는 게 종교적 의미로 해석될 수 있겠으나 난 독실한 무교, 무신론자이기에 종교적인 의미로 이야기하는 건 아니다. 누군가를 만났을 때 가장 단순하고 확실한 내 몸 상태를 보며 판단할 뿐이니 오해하지 않으면 좋겠다.

공간과 사람에 이어 에너지를 주는 단어를 빼놓을 수 없다. 스마트폰과 인터넷이 삶의 일부가 된 요즘 찾고자 하는 정보는 곧바로 찾아볼 수 있다. 포털사이트에 검색하기 위해 접속해서 단어를 적으려 들면 최근 검색어가 뜬다. 검색하는 단어가 연관 검색어로 자동 완성되고 유튜브나 포털사이트에선 많이 검색한 검색어와 관련된 정보와 기사, 영상을 띄워준다. 이렇게나 편한 세상에 우린 관심 가져야 할 것이 더 많아졌다. 아니 관심이 없어도 눈앞에 보이는 것이 너무 많아졌다. 논쟁거리가 되는 뉴스가 뜨면 관련 뉴스가 순식간에 몇십 개씩 생산된다. 포털사이트에는 실시간으로 새로운 사건과 정보가 올라온다. 그 많은 정보와 단어 속에서도 관심 가는 것은 정해져 있다. 상황에 따라 궁금한 것을 검색하고 찾기도 하지만 꾸준히 관심을 가지고 찾아보는 것이 있다. 나에겐 '청소년'이란 단어가 그렇다.

강사라는 직업을 가지게 된 계기로 도서관을 빼놓을 수 없다. 도서관에서 아이들을 대상으로 생애 첫 수업을 하면서 내가 강사라는 직업을 가지고 있다는 것을 깨닫게 되었다. 도서관은 기회의 장이었던 동시에 나를 알아가고 깨우치게 하는 깨달음의 장이 되기도 한다. 도서관에선 다양한 정보와 교육을 접할 수 있다. 도서관 교육은 짧으면 일회성, 길면 12회 차 정도로 진행된다. 일 년의 사업을 미리 계획하기에 이용자도 도서관과 함께 일 년 계획을 잡아 성장

할 수 있다. 미리 확인하고 준비하는 만큼 배울 기회를 잡는다.

아이가 어렸을 때는 정보와 교육에 관한 관심이 유아교육, 육아, 훈육, 조기교육, 양육방식 등으로 맞춰졌다. 아이가 초등학교에 들어가면서 관심 가지는 단어도 부모, 가족, 소통, 자존감, 관계 형성 등으로 변했다. 관련 책을 찾아보고 교육을 찾고 있을 때 도서관에서 '좋은 부모 되기 코칭 아카데미'란 강좌가 열렸다. 16주 동안 33회라는 긴 일정이었다. 도서관에서 쉽게 접할 수 없는 교육이었고 관심 있던 주제였기에 고민 없이 신청했다. 도서관의 장점인 무료 교육인 점도 한몫했다. 신청할 때만 하더라도 그 교육이 내 삶을 이렇게까지 변화시킬 줄 몰랐다. 교육 내용은 전반적으로 아이 이해하기, 부모와 아이의 의사소통 등으로 구성되었다. 일주일에 두 번 열리는 강의를 매번 기대하며 들었다. 아이를 다양한 방식으로 이해하고 알아가는 시간, 나에 관해 알아가는 시간도 있었기에 아이를 넘어 자아를 찾아가는 시간이 됐다. 33회라는 긴 시간 동안 나와 아이, 가족을 들여다보니 끝날 때 질문이 생겼다. '그럼 내가 하고 싶은 건 뭐지?' 학생일 때도 성인이 되어 직업을 찾을 때도 해보지 않던 질문을 아이를 위해 듣기 시작한 강좌에서 떠올

렸다. 강의를 들으며 '부모가 행복해야 아이가 행복하다.'라는 구절처럼 아이를 제대로 보려면 나를 제대로 볼 수 있어야 한다는 것을 깨달았다. 강좌를 들으며 진로를 찾기 시작했다. 찾으면 보인다. 강좌가 끝난 후 '청소년 교육강사 양성과정'이 있다는 소식을 접했다. 순간 '청소년'이란 단어에 가슴이 데인 것처럼 후끈했다. 처음 겪어보는 감정이었다. 크게 관심을 가지던 단어도 아니고 내 아이가 청소년기에 들어서지도 않았는데 괜스레 가슴이 뛰었다. 그 과정을 꼭 하고 싶었다. 아니 왠지 해야만 할 것 같았다.

어떤 일은 내가 준비되었을 때 다가오지만 어떤 일은 예상도 못 한 순간 훅 다가오기도 한다. '청소년'이란 단어가 그랬고 난 그 단어를 가슴이 품었다. 나도 청소년기를 지나왔지만, 청소년에 관한 공부를 시작하니 내가 몰라도 너무 모르고 있었다는 생각이 들었다. 나의 무지함을 아는 순간 그 단어는 내가 갈 방향을 알려주고 이끌어주는 단어가 됐다. 그토록 궁금하고 찾고 싶었던, 내가 집중할 분야를 드디어 찾았다.

4

'내 아이'를 넘어서 '우리 아이'로

중학교 다닐 때를 돌이켜보면 발표 지옥이라는 말이 떠오른다. 지금의 수행평가에 해당하는 여러 활동이 그때도 있었다. 주제에 맞는 그림을 그리기도 하고 실과 시간에 모둠별로 요리 만들기, 치마와 블라우스 만들기, 체육 시간에 뜀틀 넘기를 단계별로 하며 점수를 매겼던 기억도 난다. 다른 아이들 앞에 나서서 무언가를 하는 건 종류를 불문하고 무조건 두렵고 하기 싫은 활동이었다. 모둠으로 하는 것은 그래도 괜찮았는데 한 명씩 나가서 해야 할 때는 너무 떨려 머리가 어지럽고 복통까지 느껴졌다. 다른 사람이 나만 주목해서 보는 것도 싫었고 그것으로 점수가 매겨진다는 건 더더욱 싫었다. 어차피 떨려서 못할 텐데 왜 하는지 도무지 이해되지 않았다. 꼭 해야 하는 의무만 있을 뿐 안 하고 싶은 사람의 권리 같은 건 없었다. 발표하거나 친구 앞에서 혼자 뭔가를 하는 날은 지옥, 그 자체였다.

특히 기억나는 건 중학교 때 음악 선생님의 피아노 반주에 맞춰 부르는 노래 평가다. 그때 불렀던 노래는 '오 솔레 미오'. '오 나의 햇빛'이라는 뜻의 이탈리아 가곡으로 알고 있다. 제목 뜻도, 어느 나라 언어인지도 모르고 불렀다. 한국 노래 부르는 것도 떨려서 외워 부르기 힘든데 이탈리아 가곡을 왜 외워서 불러야 하는지 알지도 못한 채 불렀다. 점수를 매기니 내 의지와 무관하게 해야만 하는 것이었다. 노래 실력이 출중한 것도 아니고 노래를 부르기를 즐기지도 않았다. 그러니 다른 사람 앞에서, 다 같이도 아니고 혼자 불러야 하는 건 하기 싫은 정도가 아니라 두려움과 공포였다. 어디든 아파 학교를 빠질 수 있길 바라고 학교가 갑자기 무너지는 상상을 하기도 했다. 어떻게든 피하고 싶은 순간이었다. 음악 시간마다 한글로 발음기호를 적어 계속해서 부르니 가사는 외워졌다. 암기과목도 아닌데 암기형 노래가 되어버렸다. 그렇게 피하고 싶은 평가 날이 다가왔다. 한 명 한 명 내 앞의 아이들이 줄어들 때마다 손엔 땀이 나고 화장실에 가고 싶어 미칠 지경이었다. 피아노 앞에 섰고 반주가 시작됐지만, 가사는 하나도 기억나지 않고 목소리도 나오지 않았다. 반주가 끝날 때까지 입도 못 열었다.

학창 시절을 떠올리면 싫었던 순간이 참 많다. 발표할 때, 칠판 앞으로 나가 문제를 풀 때, 아이들 앞에서 책을 그것도 영어책을 소리 내 읽을 때, 새 학년이 시작되어 자기소개를 할 때, 소풍 가서 장기자랑 할 때 등 매일 싫은 순간 한 번씩은 겪었다. 공통점은 다른 사람 앞에 나서서 무언가를 해야 하는 것에 두려움을 느낀다는 것이다. 성격상 그럴 수도 있고 경험 부족 혹은 자존감이 낮아서일 수 있다. 앞에 나서는 아이는 연예인과 같은 끼를 가진 특별한 아이로 보였다. 그렇게 나서는 아이들은 정말 하고 싶어 하는 거로 보였기에 스트레스와 긴장은 안 느낄 거라 생각됐다. 나와는 다른 특별한 사람으로 느껴지며 부럽기 그지없었다.

그런데 아이를 낳고 나니 내 아이도 나와 비슷하다. 이게 참 이상하다. 내가 그랬을 땐 '그럴 수 있어.' '내 성격이 그런 걸 어떻게 해.' '나중에 나아지겠지.' '성격이 이렇다고 이상한 건 아니잖아.' '사람마다 다 다른 거야.' 등 적합한 변명과 이유를 수없이 대며 난 문제 없는 사람이라고 생각한다. 그런데 그와 똑같은 성향이 내 아이에게 보이면 다른 반응이 나온다. '다른 아이들은 안 그런데 왜 재만 저러지?' '내가 너무 혼내며 키웠나?' '친구들과 뭔가 문제가 있나?' '누굴 닮아 성격이 저렇지?' '지금 저러면 나중에 더 심해지는 거 아냐? 어떡하지.' '계속 저러면 사회생활 할 때도 문제 될 텐데.' 등 아이의 행동과 반응을 문제로 본다.

도연이를 낳고 아이가 한창 고집을 피울 3살 무렵 엄마와 얘기를 나눈 적이 있다.

"엄마, 도연이는 누굴 닮았는지 모르겠다."

"와?"

"아니, 밥을 먹고 있다가 지가 좋아하는 간식이 보이면 밥을 그만 먹고 간식을 먹는 게 애들이 보이는 반응 아이가?"

"맞제."

"근데 자는 간식을 손에 쥐고 밥을 먹는다. 웃기제."

내 말에 엄마는 이렇게 답하셨다.

"잘 먹는 저거 아부지 닮았고만."

더운 여름날 이런 대화도 오갔다.

"엄마, 자가 왜 그라는지 모르겠다."

"이번에는 또 와?"

"아니, 날이 이렇게 더워 죽겠는데 굳이 장화를 신고 가겠다고 난리를 친다 아이가. 미치겠다."

"딱 니네."

"엄마, 난 안 그렇거든."

"그래 니는 생각 안 나제. 그냥 딱 니다. 니랑 창석이 새낀데 너거 둘 안 닮으면 누구 닮겠노. 내가 보기엔 딱 니랑 창석이 새끼다."

엄마는 그렇게 명언을 남겼다. "너거 새낀데 너거 둘 안 닮으면 누구 닮겠노."

아이가 보이는 행동과 반응이 걱정될 수 있다. 부모로서 걱정되는 건 당연하다. 아이가 사랑받는 사람이 되면 좋겠고 사회생활도 무난히 잘하는 사람이 되면 좋겠다. 부모로서는 당연한 바람이다. 아이의 행동이 염려되고 조바심이 날 때 자신의 어릴 적 모습을 떠올려 보면 좋겠다. 내가 내 아이 나이 땐 어땠는지 그때 나의 모습에 아이 모습을 비춰 본다면 더 이해할 수 있다. 나와 완전 반대 성향으로 느껴질 수도 있다. 그렇다면 배우자에게 물어보면 답을 찾을 수 있다. 아이가 부모 닮은 걸 인정하면 아이의 행동은 문제로 보이지 않는다. 아이의 행동을 문제로 보지 않는 순간 아이의 행동과 감정에 공감이 일어난다.

중학교 음악 평가로 돌아가 보자. 너무 떨려 첫 시도에 실패했다. 머리에 먹물을 끼얹은 듯 캄캄하고 실패했다는 생각만 들었다. '빵점 받겠구나. 내가 그렇지 뭐.'라고 생각하던 찰나 선생님이 건네준 말이 지금도 생각난다. "많이 떨리제. 나도 그랬다. 나도 앉아서 피아노 치니까 안 떨리지 너거처럼 다른 사람 앞에서 노래 부르라믄 많이 떨린다. 가사도 기억 안 나제. 그래도 연습은 했제? 그라믄 첫 가사만 후딱 봐봐라. 기억날끼다." 선생님의 배려에 다시 반주가 시작됐다. 시작 포인트를 알려주던 선생님의 고갯짓이 지금도 생각난다. 신호에 맞춰 염소 소리로 시작한 노래는 다행히 잘 마무리됐다. 그때 음악 선생님이 내게 그렇게 말을 안 해줬다면 어땠을까? 아마도 한 소절도 못 부르고 고개 푹 숙여 그냥 나왔을 것이다. 삼십 년이 지난 지금도 좋은 기억으로 선명히 자리 잡고 있다.

기대에 못 미치는 아이를 본다면 걱정과 해결책을 제시하기 급급한 어른이 되기보다 아이의 마음을 먼저 공감해주면 좋겠다. "너는 왜 그러니."가 아니라 "나도 그랬어."라는 공감은 어떠한 해결책과 대안보다 더 큰 응원과 위로, 힘을 발휘한다. 그런 후, 아이를 내몰듯이 급격한 변화를 요구하지 말고 천천히 아이가 받아들일 수 있을 속도와 정도로 아주 슬며시 톡 건드려주는 방법을 권한다. 얼른 성장하고 변화하길 바라는 마음에 어른의 속도에 맞춘 처방을 들이민다면 아이는 벼랑 끝으로 내몰리는 느낌을 받을 수 있기 때문이다. "엄마(혹은 선생님)도 그런 적이 있었는데 그럴 땐 이러니까 좀 낫더라고."와 같이 경험을 묻혀 얘기하면 잔소리보다 조언으로 받아들인다. 음악 선생님의 말씀이 용기를 부르는 약이 되어 '내가 그렇지.'라는 마음이 '나도 해냈어.'란 마음으로 변한 것처럼 말이다. 진정을 담은 어른의 한 마디는 백 가지 해결책보다 더 큰 힘을 지닌다.

청소년을 만나는 경험이 계속될수록 나의 어릴 적 생각이 많이 난다. 나도 저랬는데 싶어 아이들의 모습과 행동을 더 이해할 수 있게 된다. 부끄럽지만 내 아이와 만나는 아이들을 구분하던 때도 있었다. 하지만 지금은 나의 아이와 만나는 아이들을 구분하는 선 같은 건 없다. 내 아이를 걱정하듯 만나는 아이들을 걱정하며 말 한마디라도 힘이 되길 바라는 마음으로 건넨다. 청소년을 만나는 분들에게 감히 이렇게 부탁하고 싶다. '내 아이'를 넘어서 '우리 아이'로 청소년을 보고 대하기를 바란다. '우리 아이'를 '내 아이'로 품어주는 것이 지금 필요한 어른의 역할이다.

5
참견이 아닌 조언

'백 번 듣는 것보다 한 번 보는 것이 낫다.'라는 속담이 있다. 설명을 아무리 듣더라도 직접 체험해보는 것이 낫다는 뜻이다. 물론 직접 경험하지 못할 땐 간접 경험도 도움 된다. 먼저 경험한 유경험자의 말을 듣거나 책을 읽거나 유튜브나 SNS 등에서 도움 될 만한 정보와 자료를 찾을 수도 있다. 하지만 속담에서 얘기하듯이 아무리 도움 되는 조언과 정보라 하더라도 직접 경험한 것엔 미치지 못한다.

2013년에 개봉한 〈플랜맨〉이란 영화가 있다. 영화의 남자주인공은 '강박성 성격장애', 편집증과 결벽증을 가지고 있다. 주인공은 영화의 제목에 걸맞게 모든 일에 계획을 세우고 알람을 맞춰 계획대로 움직인다. 옷 입기도 건널목 건너기도 시간을 정해두고 지킨다. 자신에게 보이는 모든 사물을 가지런히 줄 세우는 건 기본이고 세균 감염의 위험 때문에 다른 사람과 접촉은 극도로 거부한다. 조금이라도 흐트러진 물건을 보면 참지 못하고 계획 외의 일이 일어나면 불안감이 폭발한다. 그런 남자에게 좋아하는 사람이 생긴다. 매일 가는 편의점에서 만난 여자를 짝사랑하게 된 것이다. 남자는 사랑을 고백하지만, 남자와 같은 증상을 겪고 있는 그녀는 남자의 계획적인 면이 싫다고 거절하며 자신이 받는 치료를 남자에게 권한다. 그녀의 조언으로 남자는 집단 상담을 겸한 치료를 받기 시작하고 의사는 남자에게 이제까지 거부했던 다양한 자극에 자신을 노출해 보라며 일상의 변화를 권유한다.

영화에서 짝사랑 그녀가 남자에게 치료를 권하는 것처럼 유경험자는 도움을 주기 위해 조언을 한다. 도움이 필요한 상대를 마주했을 때 상대가 조언을 구하기 전에 먼저 손을 내밀기도 한다. 주차하기 위해 지하 주차장으로 들어갔는데 초보운전 딱지를 붙인 누군가가 주차를 못 해 헤매고 있는 걸 목격한 뒤 다가가 "차 뒤를 좀 봐 드릴까요?"와 같은 말을 건네는 게 그런 상황이다. "내가 해 보니 말이야 이것보다는 저게 나아." "그렇게 하기보다는 이렇게 하는 게 더 좋아." 등 선택과 방식에 관한 조언을 하기도 한다. 조언하는 목적과 의도는 분명히 도움을 주기 위해서다. 자기의 경험을 돌이켜 보며 자기가 겪은 힘듦을 상대는 안 겪었으면 좋겠다는 바람에 건네는 말이다. 하지만 조언은 조언으로 끝나야 한다. 조언이 조언에 그치지 않고 참견이 되면 안 된다.

그럼 조언과 참견은 어떤 차이를 두는 것일까? 평소 친하게 지내는 동료가 있다. 알고 지내는 지도 오래고 서로의 고민과 사생활도 공유할 정도로 친한 사이다. 어느 날, 그 동료가 요즘 유행한다는 클래식 블루 색상의 재킷을 입고 출근했다. 그런데 이상하게 안 어울린다. 누가 봐도 '새로 샀습니다.'라는 티가 팍 나는 새로 산 옷인데 왜 저 색깔의 옷을 선택했을까 하는 생각이 들 정도다. 얘기해야 할까 말아야 할까 망설여지지만 친하니까 얘길 해주는 게 동료를 위한 것이란 결론에 도달한다. 시간과 기회를 엿보다 말을 꺼낸다.

"저기, 옷 새로 샀나 봐?"

"응, 괜찮지. 이 색상이 올해 유행이라기에 하나 샀어. 어제 매장에서 입어보는데 딱 내 옷이더라고. 잘 어울려?"

"색상 예쁘다. 그런데 그 색상이 어색해서 그렇나? 너한테 너무 밝아 보여."

"그래? 큰돈 주고 샀는데, 입지 말까?"

대화가 이런 식으로 흘러간다 가정해보자. 그럼 다음엔 어떤 말이 오갈까? "아냐, 그냥 내가 보기에 네 얼굴에 너무 밝아 보인다고 얘기하는 거야." 조언해주고 싶다면 이렇게 의견을 말하면 된다. 의견을 들은 후 동료가 옷을 입든 입지 않든, 이후 선택은 동료의 몫이다. 거기에 더 이상의 관여도 하지 않는 게 조언이다. 대화는 다르게 흘러갈 수도 있다. "그래. 그 색상 너랑 너무 안 맞아. 네 얼굴색이 확 죽어. 다음부터 입지 마." 이야기 나누고 난 후, 다시 그 재킷을 입고 온 동료를 보고는 감정이 상한다. "에이, 그거 너랑 안 어울린다니까 또 입고 왔어? 입지 말라니까. 다 너 생각해서 그러는 거야." 동료를 생각해서 조언을 해줬는데 그가 내 의견과 다르게 행동하는 것을 보고는 무시당하는 것 같은 느낌을 받거나 혹은 내 의견대로 하지 않아 짜증이나 화가 난다면 그건 조언이 아니라 참견이다. '내가 널 생각하는 마음에 이렇게까지 얘기하는데 안 들어?'라는 마음은 내 말이 옳으니 내가 말한 그대로 따라야 한다는 마음이 있는 것이다. 참견은 '나는 상대를 내 의지대로 행동하게 할 수 있는 영향을 가지고 있다'는 마음을 기반으로 한다. 내가 동료보다 우위에 있다는 것을 은연중에 표현하는 것이다. 참견하고 있지만, 자신은 동료를 위한 조언을 하고 있다는 생각에 참견을 사과하거나 멈추려고 하지 않는다. 참견을 멈추는 방법은 동료가 더 이상의 참견을 정확하게 거절, 거부하거나 본인이 그만할 때임을 깨닫는 것이다.

조언과 참견의 상황은 일상에서, 청소년과 성인 사이에도 빈번하게 일어난다. 청소년과 어린이들이 성장하는 과정에서 어떤 어려움과 난관에 부딪힐지 어른은 안다. 난관에 부딪힐 때 어떤 상처를 받을지 예상도 된다. 그렇기에 걱정되는 이야기를 잔소리처럼 아이에게 끊임없이 늘어놓는다. 학교에서 아이는 친구를 만들기 위해 많은 에너지를 쏟는다. 그 과정에서 상처를 받기도 하고 주기도 한다. 요즘엔 학교폭력 상황을 대비해 학교별 학교폭력전담기구가 있고 교육지원청별로 학교폭력대책심의위원회가 있다. 학교폭력 상황이라면 당연히 절차를 거쳐 그에 합당한 처리가 기본이다. 그럼 폭력 상황이 아닌 갈등 상황이 벌어졌을 때 어른의 대처는 어떤가. 친구끼리 갈등이 생기면 친구 사이를 단절시키고 본다. "그 애랑 놀지 마." "그 애, 그럴 줄 알았어." "너만 상처받는다니까." 갈등을 해결하는 방법이 단절과 회피가 최선일까?

스키를 배우러 가는 이유는 내가 직접 스키를 타고 싶어서다. 스키 장비만 장착하고 서서 다른 사람이 슬로프를 활강하는 모습을 보기 위해서가 아니다. 내가 슬로프를 타고 싶기 때문이다. 그러려면 배우는 과정에서 넘어지고 일어나기를 반복하는 노력이 필요하다. 갈등도 마찬가지다. 갈등 상황에 놓이는 것 자체가 힘든 걸 알기에 아이를 보호한다는 명목으로 회피가 최선, 최고의 선택이자 해결법이라고 생각하고 참견한다. 사회생활을 하면서 갈등이 생기는 건 당연하다. 나와 다른 누군가와 함께하는 생활이 사회생활인데 갈등이 안 생기면 그게 더 이상하다. 이런 갈등 상황에서 어른은 어떤 역할을 해야 하는가. 참견이 아닌 조언으로 아이의 성장을 도와야 한다. 왜 갈등이 생겼는지 각각의 입장을 돌아보게 한다. 아이의 생각으로 해결책을 찾을 수 있도록 돕는다. 그리고 아이가 실행하기까지 기다려 주는 것, 지켜보는 것이 조언이다. 그 시간을 못 참고 어른이 나서 문제를 해결하려 한다면 그건 참견이다.

2015년에 개봉한 〈인턴〉이란 영화에서 로버트 드니로가 '벤'이란 인물로 나온다. 고속 성장 중인 인터넷 쇼핑몰에서 사회복지 차원으로 시니어 인턴을 뽑는다. 시니어 인턴으로 뽑힌 벤은 젊은 대표의 담당 인턴으로 배치된다. 어쩌다 대표 남편의 외도를 목격하게 된 벤은 그 사실을 대표에게 전할까 말까 고민한다. 고민의 끝에 벤은 말하지 않지만, 대표와 함께 간 출장 자리에서 대표가 남편의 외도를 상담한다. 자신도 알고 있던 것을 알리며 위로와 응원을 건넨다. 이때 벤이 건넨 위로와 응원이 조언이다. 만약 미리 대표에게 아는 척하며 이후 방법까지 덧붙여 말하며 진행 상황까지 지켜본다면 그건 참견인 것이다.

조언은 상대가 도움의 손길을 내밀 때 상대가 원하는 선의 적절한 말과 행동을 하는 것이다. 도움을 구하지도 않아도 먼저 손을 내밀 수 있겠지만 그럴 때 참견의 범위로 넘어갈 확률이 커진다. 어른은 아이에게 갈등이 생겼을 때 갈등을 해결하는 방법을 함께 찾아가는 역할을 해야 한다. 갈등을 해결하는 과정에서 넘어지고 상처 나고 힘들 수 있으나 그런 과정을 겪으며 아이는 건강히 성장한다. 보호라는 명분으로 어른의 방법으로 갈등을 다 해결한다면 아이가 건강히 성장할 기회를 뺏는 것이 될 수 있다. 아이가, 상대가 도움을 구할 때까지 옆에서 지켜봐 주는 것, 도움을 구할 땐 확실하게 손을 잡아주는 것, 내 속도대로 끌고 가지 않고 상대의 속도에 맞추는 것, 참견이 아닌 조언을 하는 멘토의 역할을 하는 것. 이것이 우리가, 어른이 해야 할 역할이다.

6
이해는 물음에서 시작한다

부모와 자녀에 관한 강의를 듣던 중 강사가 남성심리 부재 이유를 묻는다. "심리학 분야를 보면 여성심리학과 아동심리학은 있는데 남성심리학은 없습니다. 왜일까요?" 이 말을 듣고 '아, 맞네.'라고 반응했었다. 한 번도 심리학을 대상별로 구분 지어 생각해 본 적이 없다. 자주 듣던 용어가 심리학 혹은 여성심리학이었고 부모가 되면서 들리던 용어가 아동심리학이었기에 남성심리학이란 용어가 없다는 인지조차 하지 못했다. 강사의 마지막 말처럼 '왜일까?'란 생각이 들었다. "남성심리는 아동과 같아서 그래요." 이 말이 떨어지자 곳곳에서 웃음이 터졌다. 내 옆에 앉은 남자도 웃고 있었던 기억이 있으니 아마 나도 웃은 듯하다. 그런데 왜 난 그 순간에 옆자리 남자를 쳐다봤을까? 그땐 반사적으로 시선이 갔다. 지금 생각하면 그 말에 남자로서 어떤 반응을 보일지 궁금해서일 수도 있고 눈치가 보여서일 수도 있겠다. 그 강의에 남자는 한 명이었으니 남자에 관한 이야기와 질문이 나오면 으레 시선이 그곳으로 몰렸다. 자신이 선택하고 만들어 낸 조건도 아니고 타고난, 어쩔 수 없는 조건 때문에 타인의 시선 받는 걸 달가워할 사람이 어디 있겠는가. 남자에게 관심이 집중될 때면 옆자리 앉은 나마저 부담이 느껴졌다. 농담으로 받아들였는지 웃기에 다행이다 싶었다. 이후 남성심리학 부재의 이유가 머리에 정답으로 새겨졌다.

말이라는 건 참 무섭다. 어떤 상황에서 누가 누구에게 하는지에 따라 영향력과 무게가 달라진다. 모르는 분야를 알려고 간 상황에서 알려주는 사람이 가지는 말의 힘은 세다. 전공으로 심리학을 공부하기 전까지 남성심리학이 없는 이유는 아동심리와 같기 때문이라는 말을 정답으로 알고 있었다. 한 번씩 남편을 어린애처럼 본 것도 그 말에 공감했기 때문이다. 남성심리학이라는 명칭이 없는 이유는 심리학의 역사에 답이 있다. 가장 많이 접하는 심리학자 한두 명만 꼽아보자. 바로 떠오르는 학자가 '프로이트'와 '융'이다. 이 두 학자는 심리학을 전공하지 않아도 한 번씩은 들어볼 정도로 유명하다. 둘을 제외한 다른 심리학자를 떠올려보거나 찾아보자. 아이 책으로 먼저 접하는 피아제도 있고 칼 로저스, 에이브러햄 매슬로 등 유명한 학자들이 떠오르거나 찾아진다. 이렇게 유명한 심리학자 모두가 남성이다. 심리학은 이렇게 남성이 연구하고 남성을 중심으로 해석한, 남성이 기본이자 기준이 된 학문이다. 말 그대로 남성 중심의 학문이다. 그렇기에 남성심리학이란 갈래, 용어는 따로 두지 않는다. 이것이 남성심리학란 용어가 없는 것에 관한 진실이다. 이후 여성학자들의 등장으로 여성을 대상으로 하는 심리학이 나오면서 여성심리학 갈래, 용어가 등장했다. 시작이 어떻게 되는지 모르면서 현재 보이는 것 그대로만 해석한다면 오해할 수 있다. 남성심리학이 없는 이유는 남성의 심리 수준이 아동과 같기 때문이라는 것을 진실로 받아들이는 것처럼 말이다.

남편은 야구를 참 좋아한다. 관람하는 것도 좋아하고 직접 경기하는 것도 좋아한다. 회사에 입사한 해, 남편과 야구를 좋아하는 사원 몇 명이 주축이 되어 사내 야구단을 만들었다. 동호회를 조직하고 이름과 유니폼을 만들고 매주 주말 모여 야구를 하는 전 과정에 참여하며 지금도 투수로 활동한다. 경기가 있는 주말이면 되도록 다른 일정을 잡지 않았고 주말 경기를 위해 주중에 회사를 다닌다고 말할 정도로 애정을 가지고 활동한다. 사내 야구 동호회는 지역 리그에 소속해 꾸준히 경기를 치른다. 리그에서 남편 팀이 1, 2위를 다투니 얼마나 뿌듯할까 싶다. 그 정도로 야구에 대한 애정이 남다르니 프로야구 시즌이 되면 텔레비전 화면은 당연히 야구 중계 채널에 맞춰져 있다. 그날도 어김없이 응원하는 야구팀의 경기를 보고 있었다. 남편의 야구 사랑에 온 가족이 야구를 좋아하게 되었기에 설거지하면서 경기 결과가 궁금했다. "자기야, 몇 회야? 몇 대 몇이야?" 대답이 없다. 못 들었나 싶어 다시 한번 물었다. 여전히 대답이 없다. 기다려도 답이 없기에 못 들었구나 싶어 더는 묻지 않았다. 그런데 그 광경을 보고 있던 첫째 도연이가 오해를 한다.

"엄마, 아빠는 왜 들었으면서도 말을 안 해?"

"응, 아마 못 들었을 거야."

"뭐? 엄마가 그렇게 크게 두 번이나 말했는데도 못 들었다고?"

"응. 못 들은 거 확실할걸."

"에이, 설마."

이렇게 이어진 대화는 결국 아이와 나의 꿀밤 맞기 내기로 이어졌다. 집중하고 있던 남편을 불러 내가 한 말을 들었느냐 물었더니 못 들었다는 말이 돌아온다. 남편의 대답을 같이 들은 도연이가 이번엔 내 걱정을 한다. "엄마, 아빠가 지금처럼 엄마 말 잘 못 듣고 답도 되게 늦게 할 때 많잖아. 거기다 기억해야 하는 거 잘 까먹고. 그래도 엄마는 괜찮아? 짜증 안 나?" 내 편이 되어주는 듯해 고마우면서도 아빠를 이해하지 못하는 아이가 보여 이걸 어떻게 해야 하나 고민이 앞섰다. 무조건 아이의 말에 맞장구치면 남편이 이상한 사람이 되어버리고, 그렇다고 남편 편을 드는 것도 답은 아닌 것 같았다. 이해를 시키는 게 나을 듯해 차근차근 설명하기 시작했다. 연애하면서부터 알고 있었다는 것, 한두 번 얘기한다고 고쳐지지 않는 습관 같은 거라는 것, 화나고 짜증이 날 때도 있지만 일부러 그러는 것이 아니니 이해하려 노력한다는 것, 아빠는 집중력이 좋아서 하나에 집중하면 옆에서 하는 다른 이야기는 잘 못 듣는다는 것까지 세세하게 이야기했다. 이해하는 고갯짓을 하면서도 자기 의사를 분명히 밝힌다. 그에 나도 지지 않았다.

"그래도 난 아빠 같은 사람은 안 만날 거야. 너무 답답해."

"그래, 아빠는 아빠의 그런 부분을 이해하고 사랑하는 엄마가 있으니 괜찮아. 내가 책임질게."

나와 다른 부분을 이해하는 건 쉽지 않다. 나와 다른 부분을 이해한다는 건 이해하려는 마음과 동기, 의지가 있어야 한다. 나와 다른 부분을 이해한다는 건 그 사람이 왜 그런 행동을 하는지, 왜 그럴 수밖에 없는지 이유와 원인을 살펴보고 알아간다는 거다. 그러기 위해선 궁금증을 가지고 관찰하고 질문하며 알아내야 한다. 이런 노력을 기울이지 않고 내 기준과 잣대로 본다면 그 사람은 '참 이상한' '나와 안 맞는' '말이 안 통하는' '무례한' 등의 수식어가 달린 사람이 된다. 남편의 늦은 반응과 집중할 때 잘 못 듣는 것 등이 왜 그런 것인지 이해하고 있는 난, 남편에게 어떻게 얘기해야 빠른 답을 들을 수 있는지 어떻게 해야 집중한 상태의 남편과 대화할 수 있는지 방법을 찾아낸다. 아빠가 왜 그러는지 이해하지 못하고 이해하려 하지 않는 아이는 대화하는 방법을 찾으려고도 하지 않고 답답해만 한다.

아버지들을 대상으로 한 강의에서 가정에 관한 마음 나누기를 한 적이 있다. 한 아버지의 답이 지금도 기억난다.

"집에 들어가려고 문을 열 때 어떤 생각을 하나요?"

"이 문을 열면 아무도 없었으면 좋겠다."

왜냐고 물으니 집에 들어서면 자기 기분과 컨디션을 물어보는 게 아니라 자꾸 뭘 하라고 쉴 새 없이 몰아쳐 혼자만의 시간이 필요해 그렇단다. 그런데 한 번도 이뤄진 적은 없단다. 그럼 그렇게 관심 섞인 말을 건네주고 쉴 수 있는 잠깐의 시간이 필요하다는 이야길 가족에게 해 보셨느냐 물으니 해 본 적 없다는 답이 돌아온다.

사람은 누구나 이해받고 싶고 배려받고 싶은 욕구가 있다. 내가 가진 욕구만큼 다른 사람들도 똑같은 기본 욕구를 지닌다. 하지만 나보다 강한 사람, 나보다 잘사는 사람, 나보다 잘나가는 사람, 나와 다른 성향을 가진 사람은 욕구도 다르겠지라는 생각을 한다. 아니다. 그들도 사람이고 인간이기에 기본 욕구는 같다. 나보다 크고 강해 보이고 잘나가고 잘사는 사람이라 하더라도 이해받고 싶고 배려받고 싶은 건 사람이라면 당연한 욕구다. 항상 옆에 있다는 이유로, 나보다 강하고 나아 보인다는 이유로 이해받지 못하고 배려받지 못하고 있는 사람이 있는지 지금 바로 주위를 둘러보면 좋겠다. 그 사람에게 넌지시 한마디 건네주길 바란다. "오늘 기분은 어때?" "무슨 일 있어?" "왜 그렇게 생각해?" 사람과 상황을 이해하는 첫걸음은 그런 결과를 만들어 낸 원인을 알아내려는 물음에서 시작한다. 남편이 왜 내 말에 반응을 5초 뒤에 하는지, 큰 소리로 물어도 못 듣는지 이해하는 것처럼 말이다.

7
선 설명, 후 책임

해외여행은 당연히 여행사 상품 여행으로 가이드의 안내를 받으며 다니는 거로 생각했다. 외국어에 능통한 것도 아니고 해외여행을 할라치면 비행기 예약에 숙소 예약, 어디 그뿐이겠는가 하루하루의 코스 선택 등 신경을 써야 할 것이 너무 많다는 걸 알기에 귀찮음과 게으름을 핑계로 자유여행은 꿈도 꾸지 않았다. 그런 내게, 회사 동료 L은 한 해에 한 번씩 해외로 자유여행을 다닌다는 남편의 말은 거짓말처럼 들렸다. 부자구나 싶어 부럽기도 하고 그 어려운 걸 척척 해내는 것이 존경스러워 보이기까지 했다. '나도 한 번?'이란 생각을 해 봤지만, 시작을 어떻게 해야 할지 엄두도 나지 않았다. 그러던 어느 날 L이 태국 여행을 계획하고 있는데 같이 가지 않겠냐는 말을 물어왔다. 생전 처음 가이

드 없이, 새벽 6시에 일어나 호텔 조식을 도둑 밥처럼 안 먹어도 되는 여행 기회가 찾아왔는데 두말하면 잔소리다. 사이트를 알려주며 예약하라는 부분 예약하고 서류와 물건을 준비하는 것이 모두 꿈같았다. 시청에 가서 여권을 신청했다. 영어로 된 호텔 사이트에서 객실을 예약했다. 생전 처음 해 보는 모든 과정이 신기했다. 그렇게 일주일 정도 태국으로 여행을 다녀왔다. L의 리드로 생전 처음 한 자유여행은 즐거웠지만, 우리 가족끼리는 엄두를 내지 못했다.

가을 저녁 인터넷 서핑을 하는데 그날따라 자유여행 기사가 자꾸 눈에 들어왔다. 기사를 타고, 개인 글을 타고 들어가며 한참을 여행 관련 글을 읽으니 갑자기 마음이 붕 뜬다. 어디든 가고 싶다는 마음이 주체가 되지 않았다. 열심히 타고 타고 들어가다 보니 어느 순간 눈앞엔 항공사 페이지가 펼쳐져 있다. 여기저기 목적지를 바꿔 찍어보고 금액도 봐 가면서 여행하는 상상을 몇 시간 하다 남편에게 별생각 없이 낚싯대를 던졌는데 대어가 걸렸다.

"자기야, 우리 여행 갈까? 우리 가족만 자유여행으로."

"그럴까. 한번 가볼까."

"그럼 내가 항공편 예약부터 해 볼까?"

"직접?"

대한민국
REPUBLIC OF KOREA
여권
PASSPORT
대한민국
REPUBLIC OF KOREA

"응. 해 보지 뭐."

"그래 해 봐."

그냥 던진 말에 그냥 건네는 대답이었겠지만 가고 싶은 바람 가득 든 마음엔 진심으로 들린다. 다음 날 내 일정표만 확인하고 무턱대고 왕복 항공표를 덥석 예약했다. 그날 저녁 예약 완료했다는 말을 들은 남편의 놀란 눈과 목소리는 아직도 선명하다. 무턱대고 여행을 준비했다. 치밀하게 일정도 짰다고 말하고 싶지만 그럴 시간도 없어 숙소만 겨우 잡고 출발했다. 짐도 출발 전날 각각 배낭 하나씩으로 꾸렸다. 우리의 여행 일정은 숙소를 찾아가는 것과 숙소 근처를 돌아다녀 보는 것, 국제 미아가 안 되는 것, 그것만으로 충분했다. 여행 중 두 번째 숙소에 묵었을 때 어른이 된 나를 발견했다. 비즈니스호텔이었기에 여유로운 공간은 아니었다. 우리의 관광코스대로 숙소 주위를 배회하다 들어와 잘 준비를 했다. 차례대로 샤워하고 마지막으로 씻으러 들어갔다. 큐브 형식의 작은 욕실이지만 다 갖춰져 있기에 불편함은 없었다. 그런데 자칫 잘못하면 넘어질 수 있을 정도로 바닥에 물기가 흥건했다. 누수가 있었나 싶어 앞서 샤워한 큰아이에게 물었다.

"도연아, 혹시 물이 샜어?"

"아니, 왜?"

"세면대 밑바닥까지 물이 흥건해서."

"그거 내가 샤워해서 그렇지."

"샤워했다는 건 알지. 샤워할 때 샤워 커튼 안 쳤어?"

"그게 뭐야?"

"여기 샤워 부스 옆에 커튼처럼 생긴 하얀 거. 이거 가리고 하지 않았어?"

"아, 그거. 난 커튼이니까 젖으면 안 되는 줄 알고 옆에 걸어두고 했지."

그 말을 듣는 순간 우리 집엔 샤워 커튼이 없다는 생각이 났다. 도연이가 어릴 때는 샤워 커튼을 사용했었다. 그러다 장난으로 잡아당겨 다칠 뻔한 이후 사용하지 않았다. 이사를 하고 지금 사는 집에는 샤워 부스에 유리막이 있으니 샤워 커튼을 쓸 일이 없었다. 사용한 적이 없는 경우 모르는 게 당연했다. '그래도 나이가 몇인데.'란 생각이 났으나 젖지 않은 샤워 커튼을 만진 순간 설명해주는 게 먼저라는 생각이 들었다. 도연이를 불러 차근차근 설명했다. 이게 샤워 커튼이고 사용하는 방법은 이렇고 물이 튀어도 방수 재질이라 젖지 않으니 괜찮다는 말까지 덧붙이니 다음엔 그렇게 쓰겠단다. 만약 "너 나이가 몇인데 이것도 몰라?" 혹은

“모르면 물어봤어야지.” 등의 말이 바로 나갔다면 아이는 당황스럽고 서운했을 것이다.

우리는 나이가 들면 어느 정도의 지식과 상식은 갖춰진다고 오해한다. 뭐든 나이를 먹으며 성장하면서 자연적으로 알 거로 생각한다. 그걸 알 정도의 나이라는 생각은 알려주지 않아도 알고 있을 거로 생각한다. 나이에 맞지 않은 행동을 하거나 정보를 모르면 “이것도 몰라?”란 말이 반사적으로 튀어나온다. 그 대상은 어른과 아이를 가리지 않는다. 관심 분야도 아니고 한 번도 본 적 없고 겪은 적 없는 것에 관해 아는 이는 흔치 않다. 누구도 알려주지 않고, 한 번도 알아볼 기회를 얻지 못했는데 어떻게 알겠는가. 나이는 나이일 뿐이다. 누구나 모르는 건 있고 처음은 있다. 그럴 땐 아는 사람이 차근차근 설명해주면 된다. 핀잔과 탓은 그렇게 설명하고 알아갈 기회를 제공한 후에 해도 늦지 않다.

이 일을 겪으면서 내 삶의 태도도 ‘선 설명, 후 책임’으로 바뀌었다. 처음인지, 알고 있는지, 해 본 적이 있는지 확인한 후 설명한다. 그리고 책임은 이후 일이다. 나이가 많든 적든 경험이 있든 없든 그건 그 사람이 가진 조건일 뿐이다. 가진 조건이 그 사람의 수준과 태도, 무엇을 어느 정도 알고 있는지를 규정하지 않는다. 아이들이 버릇없이 군다고 뭐라 하기 전에 "그래선 안 된다." 말하며 "대신 이렇게 해 봐. 이렇게 하는 게 좋아."라고 설명해주고 알려줘야 한다. 관계 속에서 갈등이 생겼을 때, "그렇게 하면 상대가(내가) 이렇게 느끼니 다음엔 저렇게 해주면 좋겠다."라고 알려줘야 한다. 그러고 나서 같은 원인으로 갈등이 생기면 그때 책임을 물으면 된다. 누가 들으면 '설마.'라고 할 정도의 최소한 준비로 진행된 가족의 첫 자유 해외여행은 무사 귀국한 것만으로 만족스러운 여행이었다. 거기다 내 삶의 방식도 한 단계 높이는 깨달음을 얻어왔으니 더할 나위 없는 최고의 여행이었다. 다음 여행을 기약한 지 몇 년이 흘렀다. 다시 한번 항공권 예약을 먼저 해야 갈 수 있지 싶다.

5장

멈추지만 않는다면

중학생 때 친구들과 나이 듦과 죽음에 관해 이야기 나눈 적이 있다. 나이 듦과 죽음에 관해 이야기하면서도 나는 예외라는 생각을 했다. 난 언제고 어린 나이로 지낼 줄 알았다. 젊은 나로 오래오래 살 수 있을 거로 생각했다. 그게 청소년기의 특성인 '개인적 우화'와 관련이 있음을 공부를 하면서 알았다. '개인적 우화'를 심리학용어사전에서 찾아보면 '청소년 자신이 생각하는 자기에 대한 경험과 타인의 생각을 너무 과다하게 다르다고 생각하는 데에서 오는 또 하나의 특징적인 자아 중심적 경향성, 자신의 경험은 너무나 독특하여 다른 이가 알 수 없다는 믿음을 말한다.'라고 설명한다. 거기다 개인적 우화가 과다하게 발달할 경우 자신은 독특하기 때문에 세상의 모든 불행도 비켜 갈 것이라는 믿음을 야기할 수 있다고도 말한다. 이 설명대로 나는 아주 천천히 나이 들어가고 죽음은 나와 상관없는 일이라고 생각했다. 시간이 흐르면 나이는 자연적으로 들고, 죽음도 비켜갈 수 없는 삶의 한 과정이다. 그게 왜 나만 피해갈 거라 생각했는지 이젠 이해하지만 그땐 어림과 철없음이란 단어로 모든 게 허용될 때였다.

'만약 죽는 나이를 선택할 수 있다면 몇 살을 선택할 것인가.'에 관해 심오한 토론을 벌였다. 각자의 이해와 기준을 가지고 진지하게 선택했다. "외모가 추하지 않을 때" "노인이란 말을 듣기 전" "병들어 자리에서 일어날 수 없을 때" "돈을 벌 수 없을 때" 등 각각의 기준에 맞춰 이야기하기 시작했다. 중학생치고는 철학적인 물음과 답들이란 생각이 든다. 하지만 그 주제를 나누게 된 계기가 학교 내 깐깐한, 나이 든 선생님 흉을 보다 시작됐으니 철학적이고 건전한 시작은 아니었다. 내가 답한 나이는 마흔 살. 이유는 엄마 아빠의 그 시절 나이가 삼십 대 중반이었으니 마흔 살은 굉장히 나이 들게 느껴져서다. 나의 기준은 '늙기 전'이었다. 지금 내 나이, 내가 이십 대 때 엄마의 나이이다. 죽음을 생각했던 마흔 살을 훌쩍 넘겼다. 그때 상상했던 나이 든 마흔 살의 모습과는 전혀 다른 모습으로 지금을 살고 있다. 얼마 전 '기대수명 자동계산기'라는 걸 사용해 보니 기대수명이 백네 살로 나온다. 마흔 살 죽음을 생각하던 것과 비교하면 두 배 이상의 삶을 더 산다. 어디까지나 재미로 해 본 거지만 이젠 '백네 살까지 잘 살려면 어떻게 살아가야 하지?'란 생각을 한다. 어릴 땐 늙음이 한계와 멈춤으로 느껴졌다면 지금은 삶을 계획하고 준비하는 일을 하는 능력 있는 어른으로 느껴진다.

나이에 구애받지 않았으면 한다. 어린 나이에 할 수 있는 것, 젊은 나이에 할 수 있는 것, 마흔이 넘었기에 못하는 것이 정해져 있지 않다. 물론 변화되는 세상에 따라가려면 새롭게 배워야 할 것이 많다. 패스트푸드점에서 햄버거를 사려고 해도 예전엔 점원에게 주문하면 되던 것이 이젠 '키오스크'라는 무인단말기를 이용해야 한다. 처음 해 보면 할 줄 몰라 빠릿빠릿하게 못 할 수 있다. 그건 나이와 상관없다. 어린 사람도 새로운 것은 배워야 하고 어색한 건 마찬가지다. 나이에 따라 속도와 방법이 차이 날 수는 있으나 못할 건 없다. 배우면 된다. 그 전에 배우길 도전하면 된다. 지레 겁먹고 시도조차 하지 않는 실수를 저지르지 않기를 바란다. 나이처럼 내가 어찌할 수 없는 것에 망설이거나 멈추지 않았으면 한다. '지금의 나'이기에 해 보고 싶은 것이 보인 것이다. '지금의 나'이기에 가능한 것이다.

1
지금이 쌓여 미래가 된다

운전하며 이동하는 중에는 항상 라디오를 듣는다. 아는 노래가 나올 때 목청껏 따라 부르기도 하지만 최신 음악에 가사도 안 들릴 정도의 빠른 랩이 나올 때는 세대 차이를 느끼기도 한다. 흥은 나지만 뒤처진 세대라는 자괴감에 빠지기에 최신 음악은 그다지 좋아하지 않는다. 사연과 음악이 곁들여진 라디오를 듣고 있자면 과거 기억이 되살아나기도 하고 고민과 걱정 가득한 사연을 듣고 있자면 내 일 같은 마음에 눈물짓기도 한다. 라디오는 운전하는 내내 나의 동반자인 셈이다. 즐겨 듣는 라디오 프로그램 중 책의 한 부분을 읽어주는 '사랑 아직 끝나지 않았다'라는 코너가 있다. DJ가 책 일부분을 읽어주고 거기에 자신의 생각을 곁들인다. 책 내용을 듣다 보면 혼잣말로 추임새가 곁들여지고 뒤

이어 들리는 DJ의 생각이 나와 비슷하면 서로 통한 것 같아 기분이 좋아진다. 나와 다른 생각을 말하면 '그렇게 생각할 수도 있겠구나.'란 생각을 하면서도 입은 삐죽 올라간다. 읽어주는 내용이 마음에 들면 정차했을 때 메모해 뒀다 사서 읽기도 한다. 왜 이제야 알았을까 하는 책도 있고 들은 내용 말고는 와닿지 않는 책도 있다. 그렇게 알게 된 책 중 『내가 확실히 아는 것들』이란 책이 있다. '2013년 포브스의 세계에서 가장 영향력 있는 유명인사 100인'에 선정된 미국 방송인 오프라 윈프리의 책이다. 당시 진로에 관해 고민이 많았다. 중년이 되어서 진로를 고민하자니 고민의 크기는 배로 커졌다. 답은 내려지지 않고 답답한 시간만 계속됐다. 마흔이 넘었으니 적은 나이도 아니다. 경력을 들이밀며 예전에 하던 일을 다시 할 수도 없었다. 진로에 관한 고민은 중년이라도 학생, 청년과 비교해 절대 가볍지 않음을 느끼던 때였다. 그럴 때 이 책의 제목이 귀에 확 들어왔다. 내가 확실히 알고 있는 게 뭔지만 알아도 진로에 도움이 될 것 같았다. 오프라 윈프리처럼 성공한 사람의 얘기를 읽어 보면 답을 찾을 수도 있을 것 같았다.

별일 없던 주말 오후, 공부만 하는 건 싫다며 특성화 고등학교로 진학한 도연이가 울었다.

"엄마, 내가 다니는 고등학교 졸업하고 취직을 못 할 수도 있어?"

"그럼, 직업을 정하고 직장을 구하면 취직하는 거고, 졸업 때까지 직업은 정했지만 직장을 못 구하면 취직 못 하는 거지. 그리고 특성화 고등학교라고 대학 못 가는 거 아니야. 더 배우고 싶으면 대학 진학할 수도 있어."

내 말을 들은 아이는 말없이 입을 다물었다. 아이의 감정을 계속 살폈다.

"기분이 안 좋아? 아까 엄마랑 얘기하고 나서부터 기분이 안 좋아 보여서 걱정되네."

"엄마, 나는 아무리 생각해도 잘하는 게 없어. 하고 싶은 것도 없고 다른 애들보다 잘하는 것도 없어. 이때까지 난 뭐 했나 싶어. 다른 애들은 하고 싶은 거 찾아서 열심히 하는 거 같은데 나는 아무것도 없어. 그렇다고 공부를 잘하는 것도 아니고 학교에 가면 멍만 때리고 있고."

도연이가 운다. 닭똥 같은 눈물까지 뚝뚝 떨어뜨리며 흐느낀다. 말문이 막혔다. 갑자기 터진 아이의 눈물만큼 내 가슴에 뻥 하니 구멍이 났다. 무턱대고 '괜찮다'고 '넌 잘하고 있다'고 얘기할 수 없었다. 한껏 불안을 느끼고 있는 아이에게 그런 이야기는 위로도 도움도 되지 않을 터였다. 다른 말이 필요했다.

"엄마도 그랬어."

아이의 눈물에 봇물 터지듯 진로에 관해 큰 고민하지 않던 학창 시절의 내가 소환됐다. 엄마도 네 나이 땐 그랬다고. 목표도 미래도 생각지 않았고, 다른 애들과 비교하며 기운 빠졌다고. 친구들이 방향 잡고 다 잘하고 있는 것으로 보여도 실상은 그렇지 않을 수 있다고. 그 애들도 많이 고민하고 너처럼 걱정하고 있다고 말이다. 엄마는 너만 할 때 진로를 생각지도 않았다고 네가 고민하는 것 보면 그때의 엄마보다 지금의 네가 낫다고 말했다. 얘기하고 나니 진로 고민을 하는 도연이가 대견해 보이기까지 했다. 그런 아이가 뭘 하면 덜 불안할지 생각했다. 나는 그때 무엇을 했나 떠올렸다. 해야 하는 것을 했다. 학교에 가고 시험공부를 했다. 지금에 충실하기. 그것이 불안을 가라앉혔다. 지금 네게 주어진 일, 해야 하는 것에 충실해 보자 했다. 학교에 가고 숙제와 수행평가 하기. 너무 먼 미래를 보기보다 지금에 충실하면 다음이 보일 거라 했다.

오프라 윈프리의 책 『내가 확실히 아는 것들』은 'O 매거진'에 연재된 칼럼을 엮은 책이다. 칼럼을 쓰게 된 계기는 인터뷰 도중 "오프라, 당신이 확실하게 아는 것이 있다면,

그것은 무엇입니까?"라는 질문에서 시작됐다. 그에 바로 답을 할 수 없었던 오프라가 칼럼을 통해 질문에 대한 답을 찾기 시작하면서 이 책이 나오게 됐다. 확신과 깨달음은 질문에서 시작한다. 오프라도 기자의 질문으로 자신의 삶을 들여다보게 됐다. 그리고 지금 확실히 아는 것 하나하나씩을 생각하면서 답을 찾아갔다. 누구나 정해져 있지 않은 미래는 불안하다. 뭘 좋아하는지, 뭘 해야 하는지, 뭘 선택해야 하는지, 뭘 잘 할 수 있는지 확실히 아는 사람은 많지 않다. 모든 면에서 우월해 보이는 사람도 그걸 찾기 위해 고민하는 과정을 거쳐서 그 자리에 있는 것이다. 하지만 고민만 한다고 답이 나오진 않는다. 경험을 통해 찾아야 한다. 내가 좋아하는 것을 찾기 위해선 나를 들여다보는 것이 우선되어야 한다. 만약 그렇게 해도 내가 좋아하고 선택해야 할 걸 모르겠다면 지금 바로 해야 하고, 할 수 있는 것을 시작해보길 권한다. 그게 무엇이든 작은 것부터 알아보고 배워보고 시작해봐야 한다. 그 후 그것이 나와 맞는지 내가 좋아하는 것인지 생각해야 한다. 내가 좋아하는지 모르겠다면 싫어하는지 반문해 보는 것도 방법이다.

도연이가 어릴 때, 종이를 주며 좋아하는 것과 싫어하는 것을 적어보라고 한 적이 있다. 무엇만 시킬라치면 "하기 싫어."를 연발하기에 좋아하는 것과 싫어하는 걸 적어주면 참고해서 싫어하는 것만이라도 주의하겠다고 했다. 중학 1학년이었던 도연이는 '공부, 딱딱한 밥, 여름에 따뜻한 물로 샤워하는 것, 테이프가 붙지 않는 벽지, 발 시림, 방 치우기' 등을 싫어하는 것으로 '고추 참치, 우유, 재밌는 책, 겨울에 따뜻한 곳에 누워 귤 까먹기, 집, 새 김치, 체육 끝나고 마시는 물' 등을 좋아하는 것으로 적었다. 다행인 건 싫어하는 것보다 좋아하는 걸 월등히 많이 적었으니 자신이 좋아하는 건 확실히 안다는 거다.

좋아하는 것과 싫어하는 것은 달라진다. 성장하면서 달라지기도 하고 계속적으로 접하면서 달라지기도 한다. 어릴 땐 고추가 먹기 싫었다. 상에 자주 올라오는 풋고추가 왜 맛있는지 몰랐다. 식감도 싫었고 매운맛도 싫었다. 그런데 어른이 되면서 풋고추의 상큼함이 좋아졌다. 고기와 함께 싸 먹는 매운 고추도 즐기기 시작했다. 도리어 좋아하던 것이 싫어지는 경우도 있다. '왜?'라는 말을 좋아했다. 원인과 과정을 알아가고자 하는 의지를 가진 열정적인 단어로 들렸다. 그런데 아이가 말문이 트이면서 "엄마, 왜요?"라고 끊임없는 물어오는 통에 못 들은 척할 정도로 싫어하는 단어가 됐다.

정해져 있지 않은 미래가 불안한 이들은 내가 좋아하고 잘하는 것을 생각해 보기 바란다. 애써 찾지 않아도 알게 되면 좋겠지만 그런 경우는 드물다. 무언가에 확실성을 가지려면 다양한 경험으로 다져진 확신이 필요하다. 내가 좋아하는 것과 잘하는 것을 미래의 모습으로만 생각해선 안 된다. 현재, 지금 바로 아주 사소한 것에서 좋아하는 것, 잘하는 것을 찾아야 한다. 그러기 위해 지금 내게 다가오는 다양한 배움과 실천의 기회를 다시 보고, 할 수 있는 것에 최선을 다해보길 바란다. 그 순간들이 쌓이고 모여 다음이, 미래가 만들어진다. 경험해봐서 확실히 알기에 할 수 있는 말이다.

2
내가 만드는 나만의 무늬

'4차 산업혁명'이란 말이 있다. 로봇이나 인공지능AI을 통해 실제와 가상이 통합돼 사물을 자동적·지능적으로 제어할 수 있는 가상 물리 시스템의 구축이 기대되는 산업상의 변화를 일컫는다.(출처: 네이버 시사상식사전) 4차 산업혁명 하면 인공지능AI, 사물인터넷IOT, 가상현실VR, 통합, 융합 등의 단어가 떠오른다. 이해 없이 단어만 들으면 무엇을 의미하는지도 모를 단어들이 텔레비전과 책, 라디오 등을 통해 매일같이 들린다.

고등학생일 때 삐삐(수신전용 무선호출기)가 처음 나왔다. 집 전화와 공중전화가 연락 수단의 전부였던 상황에서 삐삐는 연락해달라 호출할 수 있는 획기적인 기기였다. 지금의 휴대폰처럼 문자 전달은 되지 않고 숫자 전송만 가능했기에 숫자로 된 암호식 메시지는 하루가 다르게 새롭게 만들어졌다. 8282는 빨리빨리, 101035는 열렬히 사모해, 100은 돌아와 등으로 숫자 암호는 그 시절 신세대들의 소통법이었다. 그러다 공중전화 근처에 설치해둔 중계기를 이용해 통화가 가능한 시티폰이 나왔다. 삐삐는 수신전용 호출기였기에 삐삐에 들어오는 번호로 전화를 걸기 위해선 공중전화에 줄을 서야 했다. 반면 시티폰은 중계기가 있는 근처에서 전화를 걸 수 있는 발신전용 휴대전화기였다. 삐삐가 수신전용이었기에 발신전용 시티폰과는 세트로 찰떡궁합이라 할 수 있다. 그렇게 수신과 발신의 방식이 따로였다가 하나로 합쳐진 것이 무선전화기, 일명 휴대폰이다. 대학생이 되고 테이블 위에 삐삐와 시티폰을 올려두던 어느 날, 친구가 시티폰보다 큰 전화기를 테이블에 올린다. 텔레비전에서 한창 선전하던 휴대폰이다. 일명 벽돌폰으로 불리던 얼굴 반쪽만 한 까만 휴대전화다. 그 당시만 해도 학생으로선 비싼 구입비로 살 엄두를 내지 못했는데 그걸 떡하니 테이블에 올리는 친구가 너무나 대단해 보였다. 아버지가 금지옥엽 같은 딸이 연락이 잘 안 되면 걱정되기에 사줬다 한다. 휴대폰을 처음 본 그날이 지금도 기억난다. 시티폰으로 전화 걸기 위해 공중전화 근처로 하염없이 뛰어가던 우리와 다르게 서 있는 그 자리에서 여유 있게 전화를 걸고 받던 친구가 너무나 부러웠다. 내 또래는 다른 세대에 비해 다양한 변화를 겪으면서 성장했다. 지금 자라나는 아이에게 이런 이야기를 하면 엄청 오랜 기간에 걸친 얘기를 듣는 듯 느끼지만 삐삐, 시티폰, 휴대폰을 거친 기간은 5, 6년 정도다. 짧은 시간 엄청난 변화를 겪은 셈이다.

변화를 받아들이고 배우며 활용하는 과정을 통해 우리는 성장한다. 시대의 흐름과 변화를 잘 읽지 못하고 예전 방식만 고수하는 사람들을 답답해한다. 하루가 다르게 나오는 다양한 무선기기에 정신 못 차리고 있다가 막상 사용해야 할 상황이 닥치면 자녀나 사용법을 알 것 같은 사람에게 도움을 구한다. 나와 다르게 능숙하게 다루는 사람들을 볼 때면 부러운 마음에 존경스럽기까지 하다. 과학의 발전은 문화의 변화도 같이 불러온다. 삐삐를 사용할 때 숫자가 말하는 의미를 모르면 '그것도 몰라?'라는 마음이 들었다. 내가 알고 있으니 당연히 알고 있으리라 생각한다. 지금도 문화가 만들어내는 신조어가 있다. 청소년이나 특정 단체들에서 통용하는 비속어나 급식을 먹는 세대들이 말하는 방식이라는 의미의 급식체에는 긴 단어나 자주 쓰는 단어를 줄여 쓰는 줄임말과 초성으로만 소통하기 등이 있다. 그와 비슷하게 급여를 받는 직장인들이 업무에서 주로 말하는 방식의 급여체도 등장했다. 소셜네트워크서비스SNS의 사용이 일상의 많은 부분을 차지하면서 SNS상에서 사용하는 단어도 다양해졌다.

텔레비전에서 예능을 보는데 출연자들이 상황과 맞지 않는 단어를 자꾸 사용한다. 도무지 왜 그런 말을 하는지 이해가 되지 않았다. 무슨 의미로 사용하는지 모르다 보니 출연자들은 웃는데 보는 내내 웃지 못했다. 예능은 즐겁고 재밌으려고 보는 건데 짜증이 났다. 혼자 단어의 의미를 고민하다 도저히 답이 나오지 않아 방에 있는 아이에게 SOS를 쳤다.

"도연, 텔레비전에서 자꾸 '괴꺼솟'이란 말을 하면서 웃는데 무슨 말이야?"

"엄마 그것도 몰라?"

"응. 몰라. 처음 듣는 말이야."

"그거 '피가 거꾸로 솟는다'란 말을 줄인 말이야."

"말이 안 되잖아. 그럼 '피꺼솟'이라 해야지. '괴꺼솟'이라잖아."

"그러니까 엄마, 글자를 줄이는 거까진 이해됐지. 줄임말을 비슷한 다른 글자로 바꾸는 거야."

나름 시대 변화에 예민한 사람이라 생각하며 살아왔는데 드디어 나도 아이에게 물어야 할 때가 왔다. 단어에 관한 설명을 들으며 '왜 그래야 하는데?'란 말이 목구멍까지 올라왔으나 알아들었다고 말하고 더는 말하지 않았다. 왜 꼭 굳이 그렇게 써야 하는지 이해되지 않았지만 그게 지금의 문화라면 받아들여야 했다. 인터넷으로 '괴꺼솟'을 찾아봤다. 비슷한 모양의 한글 자모로 바꾸는 '야민정음'이라는 설명을 보며 다른 예를 보니 이해가 됐다. '멍멍이'를 '댕댕이', '명언'을 '띵언', '귀엽다'를 '커엽다', '비비빅'을 '네네넥' 그제야 출연자들이 말한 "우리 집 댕댕이는요."라고 한 의미를 이해할 수 있었다.

변화를 알아차리고 배워가는 건 바람직하다. 그러나 '새로운 건 좋은 것, 변화는 좋은 것'이란 생각만으로 변화하는 건 바람직하지 않다. 책을 예로 들어보자. 요즘엔 e-book과 오디오북이란 형태로 다양하게 변화되고 있다. 종이책은 무겁기도 하고 챙기고 다니는 번거로움이 따르기에 인터넷이 생활화된 요즘, 시대에 걸맞게 스마트폰으로 듣고 보는 방식이 나온 것이다. 하지만 난 한 장 한 장 넘기며 보는 종이가 주는 느낌과 책에서만 맡을 수 있는 냄새가 좋아 지금도 종이책을 선호한다. 책 한 권씩 꼭 챙기고 다니기에 내 가방은 항상 크다. 일상생활에서도 마찬가지다. '이것만은 꼭 지킨다.' 하는 것이 하나쯤은 있다. 난 아무리 한가한 도로의 짧은 건널목이라도 신호는 꼭 지킨다. 걸을 때도, 운전할 때도, 보는 이 없어도 신호는 꼭 지킨다. 그게 내 줏대이고 내가 나와 한 약속이다. 삶에서 선택은 필수다. 매 순간 우리는 선택의 갈림길에 선다. 운전할 때는 조금이라도 덜 막히는 길을 가기 위해서 빠른 차선을 선택하고, 끼니마다 식사 메뉴를 선택해야 하며, 마트에서 계산할 때도 빠른 계산을 위해 계산대를 선택한다. 그러한 선택에도 줏대와 가치는 어김없이 적용된다. 내 경우를 보면 차선을 선택할 땐 안전속도 준수를 위해 2차선을 선택하고 식사 메뉴는 조리 가능 시간을 계산해서 선택하며 어느 계산대라도 결국은 비슷한 속도로 끝남을 경험에 비추어 터득했기에 가까운 계산대를 선택한다. 일을 선택할 때도 마찬가지다. 다양한 일을 배우고 경험하다 보면 많은 사람이 하고 있기에 나도 해 볼까 하는 생각이 들기도 한다. 실패할 확률이 낮아 보이고 손해를 볼 것 같지 않기에 휩쓸려 선택하는 때도 있다. 물론 그 선택 방식이 잘못됐다고 말하는 것은 아니다. 그렇게 선택한 일이 최고의 선택이 될 수도 있다. 반면 자신의 줏대와 가치를 고려해 선택한다면 일이 잘 안 풀렸다 하더라도 덜 후회한다.

변화한다고 무조건 따라가지 않길 바란다. 지키고자 하는 것이 있다면 그것을 뒤처지는 것으로 생각하지 않길 바란다. 나는 왜 그것을 지키고자 하는지, 나의 줏대와 가치는 무엇인지 끊임없이 생각해 보길 바란다. 변화 속 새로움과 내가 지켜가며 계속 가져가려 하는 것이 함께할 때, 나만의 것이 만들어진다. 그럴 때 다른 사람이 흉내 낼 수 없는 나만의 무늬가 생겨난다. 그것이 곧 다른 사람과 비교할 수 없는 나만의 능력이 된다.

3
마음을 먹는다는 것

'작심삼일'이란 말이 있다. 맹자가 사용한 작심作心이라는 말은 마음을 다잡는다는 긍정적인 뜻이다. 그런 의미의 말 뒤에 '삼일三日'이 함께 쓰이면서 다잡은 마음이 사흘을 못 가 흐지부지된다는 부정적인 의미로 사용된다. 새로운 일을 시작할 때 마음잡기는 쉬우나 지속적인 실천이 그만큼 힘들다는 의미를 내포하고 있다. 이 말이 많이 쓰일 때는 새해가 시작되고 새로운 일을 계획할 때다. 신년 다이어트와 금연, 공부 등 올해는 꼭 해 봐야지 하는 결심 앞에 '작심삼일'이 딱 버티고 있는 것이다. '이번에는 작심삼일로 안 끝나야지.'라는 주문과 함께 결심하지만 무언가를 마음먹고 계속해나간다는 게 얼마나 어려운지 우리는 안다. 해가 바뀌고 달이 바뀌는 게 새로운 일을 시작할 아주 적당한 시기라는 생각을 나도 했었다. 그렇게 시작하면 시기상 뭔가 마침표를 찍고 다시 시작하는 느낌이 들어 의욕이 충만해진다. 그렇다고 24시간이었던 하루가 30시간으로 늘어나는 것도 아닌데 말이다. 그래도 타이밍이 중요하다고 생각하는 사람들은 꼭 그 시기와 시간을 맞추고 기간 설정까지 한다. 나도 다르지 않기에 공감된다.

궁금한 것과 배우고 싶은 것이 늘어나면 다양한 형식으로 배움을 이어간다. 이번 해에는 코로나19 팬데믹 사태로 인해 비대면 온라인형식의 연수와 수업이 많이 늘었다. 온종일 이어지는 연수와 회의, 수업 등도 컴퓨터 앞에 앉아 진행되는 경우가 많다. 실시간 화상회의 형식이기에 진행되는 시간에 서 있거나 스트레칭을 하는 등 다른 몸짓하기도 눈치가 보인다. 그날도 오전 9시부터 오후 6시까지 연수가 이어졌다. 오후 3시쯤 됐는데 종아리가 터질 듯이 퉁퉁 부어오르기 시작했다. 발목도 붓고 발도 부었다. 오랜 시간 앉아 있어 혈액순환이 안 되어 그렇다는 생각에 다리를 벽에 기대고 누워있어 보기도 했지만, 시간이 흘러도 부기가 빠지지 않았다. 몸이 안 좋아 그런가, 물을 많이 마셔 그런가, 살이 쪄서 그런가 생각나는 모든 것이 걱정거리가 되어 돌아왔다. 그날 밤, 여러 가지 이유 중 운동을 하지 않는 것도 이유가 될 수 있다는 생각에 쉬고 있던 운동을 다시 해야겠다 다짐했다. 무엇을 할까 고민하다 바로 시작할 수 있는 계단 오르기를 하기로 했다. 먼저 계단 오르기 운동의 효과와 방법, 주의할 점을 찾아보고 내가 할 수 있는지 곰곰이 생각했다. 다음은 언제부터 할 것인가 시작 시기를 선택해야 한다. 시작 시기를 결정할 시점이 되면 고민이 많아진다. 당장 시작하는 게 가장 좋긴 하지만 나도 모르게 핑곗거리가 생겨난다. '지금 해야 하는 이것만 끝내고' '아이들만 집에 있는데 괜찮을까?' '운동복도 없는데 뭐 입고 하지' '운동화라도 장만하고 시작해야 하는 거 아냐' 등 평소에는 급할 필요가 없던 것과 준비할 거리가 이유로 돌변해 시작 시기를 늦추게 만든다.

강사로 일하면 다양한 사람을 만나 많은 경험을 한다. 만나는 대상도 나누는 주제도 다양하다. 프리랜서로 일하지만 여러 분야의 강사와 만날 기회도 많다. 그러다 보니 예상치도 못한 기회가 갑자기 오기도 한다. 정말 오랜만에 겨울 가족여행을 계획해서 여행지로 이동 중이었다. 휴게소에 들러 휴식을 취하고 있는데 나를 강사의 길로 이끌어 준 대표님에게서 연락이 왔다.

"강사님, 잘 지내시죠. 혹시 대학 강의 가능하세요?"

갑자기 훅 들어온 대학 강의 의뢰에 당황하기도 잠시, 강의 과목과 대상 등을 물어본 후 바로 수락했다. 완전히 새로운 일을 선택하는 건 쉽게 결정할 일이 아니다. 좋은 기회지만 내가 잘 해낼 수 있는 일인지 등을 생각하면 선택한 걸 후회할 수도 있다. 그럼에도 불구하고 선택을 한다는 건 자신감이 있거나 해 보고 싶은 일일 확률이 높다. 전화를 끊고 잠시 멍한 상태로 있다가 '괜히 한다고 했나.' 하는 생각이 들면서 마음이 불안해지기 시작했다. '다시 전화해서 안 한다고 할까?' '선택했으니 열심히 하면 되지.' 두 가지 마음이 초 단위로 왔다 갔다 했다. 전화기를 들었다 놨다 하다 달아오른 얼굴로 옆에 있는 남편에게 어떻게 하면 좋겠냐며 조언을 구했다. 누가 들어도 당연히 선택하는 게 맞는 일인데 뭘 고민하느냐는 말을 들으니 고민은 해결됐다. 그렇게 아동복지학과 외래교수로 2년여를 재직했다.

운동 시작도 힘든데 하물며 새로운 일을 시작한다는 건 더 힘이 든다. 내가 낼 수 있는 이상의 힘이 들어가기에 '힘들다.'라고 표현한다. 평소에 들어가는 힘 정도만 들어간다면 힘들다는 말을 굳이 하지 않는다. 평소에 쓰는 힘을 초과하면 힘들다는 말이 절로 나온다. 그 힘은 물리적인 힘일 때도 있고 심적인 힘일 때도 있다. 처음 온 힘을 들이는 순간은 그것을 하려는 마음을 먹을 때다. 계단 오르기 운동을 하기로 결정 내리고 시작 시기를 결정하는 데 긴 시간이 걸리진 않았다. 무수히 많은 핑계와 변명, 이유가 새록새록 생각이 났지만, 이번만큼은 휘둘리지 않기로 했다. 내가 운동을 하는 이유는 다른 누구를 위해서가 아니라 지금 내가 할 필요를 절실히 느끼기 때문이다. 운동하기 위해 핑계 같은 이유는 다 내려놓기로 했다. 그렇게 마음먹으니 더는 미룰 이유가 없었다. 다음 날 아침 바로 운동을 시작했다. 바로 하지 않으면 나중에 후회할 것 같았다. 대학에서 강의하기로 마음을 먹은 것도, 그 일을 거절했을 때 나중에 후회가 너무 클 것 같았기 때문이었다. 남편의 한마디 말도 큰 몫을 했다. "네가 잘할 수 있을 것 같아서 연락이 온 건데 당연히 해야지." 나를 믿고 연락이 왔다는 건 전혀 생각해 보지 않은 부분이다. 내 능력 밖의 일, 내게 올 거로 생각지 못한 기회에 자신감이 생기지 않았다. 남편의 말처럼 그래도 내가 그 일을 할 수 있는 사람으로 비췄다는 생각에 자신감이 생겼다.

마음을 먹는다는 건 힘든 일임엔 틀림없다. 마음을 먹는다는 건 그만큼 내 선택과 행동에 책임을 진다는 의미이기에 더 그렇다. 마음먹는 것이 일의 시작이기에 더 망설여지

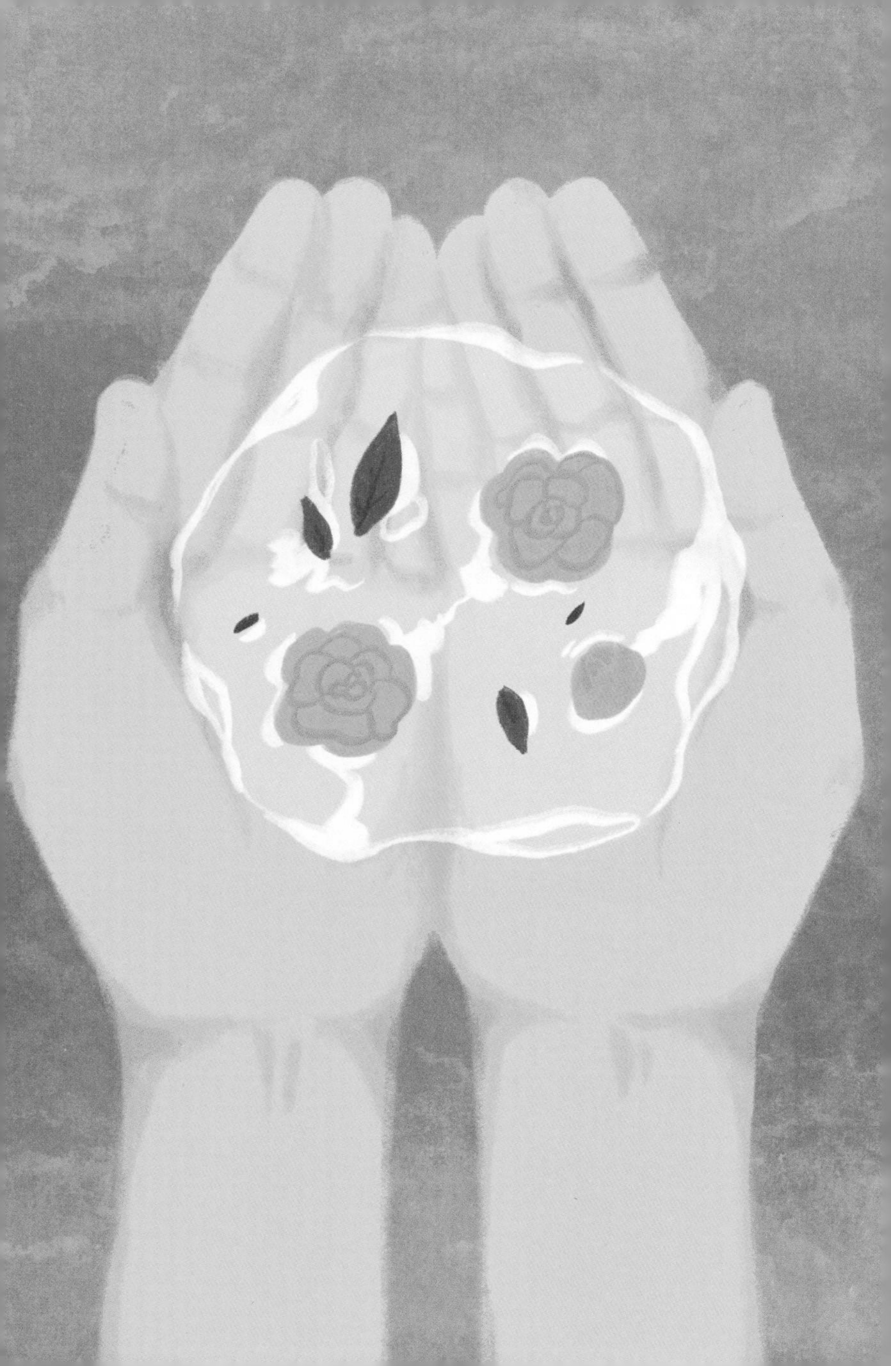

고 고민되는 것이다. 마음을 먹는다는 건 내가 운동을 시작할 마음을 먹은 이유처럼 절실하기 때문일 수도 있고, 대학강의 수락처럼 나중에 후회하지 않기 위해서도 있다. 공부를 시작하려거나 진로에 관한 고민이 있으면 물어오는 경우가 있다. 그렇게 물어온다는 건 시작할 마음은 있는데 망설일 수밖에 없는 이유가 있어 확고하게 마음먹기 힘든 상태라고 해석할 수 있다. 그런 경우 1년 후를 생각해 보길 권한다. "지금 그 일을 선택하면 1년 후엔 지금과는 다른 내가 되어있을 거예요. 만약 그 일을 선택하지 않으면 1년 후에도 지금과 똑같은 고민을 하고 있을 거예요."

마음을 먹는다는 건 지금과는 다른 내일을 위해 용기 있는 걸음을 내딛는 것이다. 1년 후, 지금과 같은 고민과 망설임을 안 하고 싶다면 지금 마음먹기를 바란다. 그리고 바로 시작하기를 바란다.

4
지식과 가치

'어린이도서연구회' 활동을 하면서 사회활동에 관한 생각이 바뀌었다. 내가 시민단체라는 수식어가 달린 곳에서 활동하리라 생각지도 못했는데 벌써 10년이 됐다. 시민단체는 사회를 변화시키는 운동에 관심이 있는 특별한 사람만 가입하는 곳으로 생각했다. 나처럼 주변과 개인사에만 관심 있는 사람과는 전혀 관계없는 곳이라 여겼다. '어린이책'을 어른이 읽고 나누는 곳이라는 단 하나의 이유로 활동을 시작했는데 그곳이 바로 시민단체였다. 경험해보니 나와 상관없다 생각되던 활동을 이미 일상에서 하고 있었다는 걸 알게 됐다. 시민단체 활동은 어렵고 내 생활과 동떨어진 게 아니었다. 어린이도서연구회에서 말하는 활동은 '좋은 어린이 책을 지역에 있는 아이들과 주민들에게 알리는 것'이다. 지역에 있는 아이에는 나의 아이와 아이의 친구들도 당연히 포함된다. 지역 주민이라 함은 옆집 엄마가 될 수 있고 아이 친구 부모가 될 수도 있다. 책을 읽다가 좋고 재밌는 책이라 생각되면 권해 주기도 하고 선물하기도 한다. 그 모든 것이 사회를 바꾸는 사회활동이다. 모를 땐 대단하게 여기고 나와 상관없는, 나는 못 할 일이라 생각되던 게 막상 해 보면 그리 대단하고 어려운 일이 아니다.

오랜 시간 알고 지내는 영주의 고민 가득한 전화를 받았다. 안부를 물으니 그동안 사회복지사 2급 자격증을 취득했다 한다. 사회복지사 자격 취득 과정에는 실습이 필수다. 실습하는 동안 복지관 직원들이 실습생인 자신을 무시하는 듯 느껴져 공부를 더 해 사회복지사 1급을 딴 후 일을 시작해야겠다 결심을 했다고 한다. 사회복지사 자격증의 급수도 중요하겠지만 경험을 통해 경력을 쌓는 것도 필요하다 생각이 들었다. 2급 자격증을 가지고 취업을 해 보는 건 어떠냐고 권했다. 경험하며 일에 대한 가치를 알아가는 것이 진로 선택엔 필수라고 생각했기 때문이다. 영주는 2급 자격증을 가지고 일할 마음이 전혀 들지 않는다고 했다. 본인이 그렇다면 더는 이야기해도 통하지 않는 걸 경험으로 알기에 더는 말하지 않았다. 이런저런 이야기가 이어지다 뜬금

없는 질문을 한다.

"언니, 언니는 왜 그 대학원을 선택했어요?"

"그건 왜?"

"나도 다닐까 싶어서요."

"왜 다니려는 거야?"

"아니, 언니도 알다시피 나 방송대 나왔잖아요. 그런데 주위 사람들은 다 석사, 박사인 거야. 방송대를 어디 내밀 수 있어야지."

영주는 '한국방송통신대학교'라는 최종학력을 다른 사람에게 내밀기 싫다고 했다. 더 나은 스펙이 있어야 자신감이 생길 것 같아 대학원을 가려고 한다. 자격증을 따는 과정과 진학을 통한 배움은 지식을 넓혀가는 분명한 방법이다. 배움을 통해 진로를 선택하기도 하고 자기만족을 얻기도 한다. 영주처럼 사회복지사가 되어 취업하기 위해서는 사회복지사 자격증을 따야 한다. 더 나은 대우를 받기 위해 더 높은 등급의 자격증이 필요할 수도 있다. 최종학력 업그레이드를 위해 진학을 생각하는 것이 나쁘다는 게 아니다. 지식을 배우고 넓혀가는 건 꼭 학력이 아니라도 자신에게 맞는 다양한 방법으로 하면 된다는 것을 말하고 싶다. 그리고 꼭 기억했으면 한다. 일을 선택하고 배우는 것에서 나만의 가치가 빠지면 안 된다. 가치가 빠진 지식의 확인과 스펙을 위한 배움은 타인으로부터 인정받기 위한 것일 뿐이다.

시민단체 활동을 시작하고 지역에 책 문화를 활성화하기 위해 다양한 활동을 했다. 아동 · 청소년을 대상으로 책 읽어주기, 지역 내 모든 주민을 대상으로 그림책을 활용해 공연하기도 하고 그와 연계해 말놀이, 실뜨기와 실팽이 같은 옛 아이놀이, 만들기 등 어른과 아이가 함께 즐기고 나누는 활동이 주를 이루었다. 공연하고 활동할 때는 앞에 나서 단체 소개를 하거나 전체 일정 진행을 맡아 하는 사회를 맡기도 한다. 이런 단체 활동이 아니면 쉽게 경험할 수 없다. 활동한다고 자격증이나 수료증이 주어지는 것도 아니다. 지역에서 개인의 인지도가 올라가 나의 진로에 긍정적인 영향을 미치는 것도 아니다. 그럼에도 불구하고 계속하는 이유는 활동을 통해 얻는 '성장'과 '가치' 때문이다. 단체 활동을 통해서 해 볼 수 있는 경험을 통해 관계, 공감, 성장, 긍정적 변화, 함께 등 살아가면서 놓치지 않고 가져가야 할 삶의 가치를 알아가고 채워갈 수 있기 때문이다. 공연을 위해선 준비 과정이 필요하다. 만들기 활동을 기획했다면 사전 준비는 오롯이 회원들의 몫이다. 그날도 공연 중 사용할 실팽이 패키지를 만들기 위해 부업처럼 거실 가득 종이와

실을 늘어놓고 포장하는 작업을 하고 있었다.

"엄마, 이거 어린이도서연구회 일이지? 근데 이거 돈도 안 되는데 왜 해?"

"그치, 돈은 안 되지. 근데 재밌어."

"재밌어도 돈도 안 되고 엄마 하는 거 보면 힘들어 보이는데."

"힘들어 보여서 엄마가 안 했으면 좋겠어?"

"아니. 왜 하는지 그냥 궁금해서."

일이란 건 그에 합당한 대가를 받아야 한다고 생각하는 초등 3학년인 도연이에게 가치에 관해 설명하기란 쉽지 않다. 그래도 아이가 이해할 수 있게 아이 눈높이에 맞는 사례를 들며 설명했다. 이해가 됐을까 생각한 찰나 자신의 기준을 들이대는 도연이 덕분에 웃었다.

"나보고 하라고 하면 난 오천 원이라도 달라고 할 거야. 공짜로 하는 건 싫어."

성장과 만족을 위해 혹은 누군가에게 나를 증명하기 위해 배우고 지식을 쌓는다. 잘 알고 있는 사람, 지식을 많이 가지고 있는 사람을 '유식한 사람'이라고 한다. 부러워하고 존경하는 마음에 그렇게 부르기도 하고 빈정대거나 비꼬기 위해 사용하기도 한다. 국립국어원 표준국어대사전을 보면

‘유식’을 ‘학문이 있어 견식이 높음. 또는 그런 지식’이라고 정의한다. 학문과 지식을 배워 알고 있다고 유식한 사람이라 하지 않는다. 배운 학문을 상황에 맞게 알려주고 활용할 때 ‘유식한 사람’이라 한다. 지식은 알아가는 그 자체가 목적이 되기도 하기만 자신이 세운 목적과 목표한 바를 추구하기 위한 수단이기도 하다. 지식을 활용해 관련된 일과 활동을 하며 가치를 찾아갈 때 지식도 빛을 발한다.

영주는 지금도 진로를 명확하게 잡지 못했다. 얼마 전, 문화센터에서 몇 회에 걸친 미술심리치료 수업을 듣고 심리상담을 공부해 볼까 고민하고 있다. 사회복지사에 관해서는 그 뒤로 듣지 못했다. 고민하며 다양한 분야에 관심을 가지는 건 충분히 응원할 일이다. 고민한다는 것은 그만큼 끊임없이 노력하고 있다는 것이기 때문이다. 다만 이제는 가지고 있는 지식을 활용해 경험하면서 일과 지식의 가치를 알아가고 느끼는 과정이 필요해 보인다. 배우고 알아가며 지식을 쌓는 것은 중요하다. 내가 하고자 하는 일에 관한 지식이 없으면 그 일을 제대로 할 수 없다. 하지만 관련 지식을 많이 알고 있다는 것이 일을 완벽하게 할 수 있다는 걸 의미하지는 않는다. 지식이 깊어지면 일에 관한 이해는 되겠지만 그와 관련한 활동을 하지 않는다면 지식은 정보에 지나지 않는다. 지식을 통해 이해를 넓혔으면 활동을 통해 삶의 가치를 찾아야 한다. 그 활동이 아이가 말한 것처럼 돈이 안 되는 일일 수 있다. 그럼에도 선택한 활동이라면 분명 돈에 버금가는 대가가 돌아올 것이다. 그게 삶의 방향키, 삶의 가치가 될 것이다.

5
일단 해 보고 판단하라

일하는 사람에겐 출퇴근 시간이 정해져 있다. 퇴근 후엔 자신만의 방식으로 스트레스 해소의 시간을 갖기도 하고 미래를 위한 투자의 시간으로 계획하기도 한다. 하지만 출퇴근 시간이 일정하지 않은 일도 있다. 대표적으로 가사노동이 그렇다. 가사노동은 공기와 같아서 일하면 티가 나지 않다가 하지 않으면 바로 알아차리게 된다. 빨래를 열심히 하면 티가 나지 않지만 일주일 동안 하지 않으면 신을 양말이 없는 것처럼 말이다. 거기다 출퇴근 시간도 없고, 일하는 공간과 쉬는 공간 분리도 되지 않는다. 365일 24시간 근무지에서 생활한다. 한창 육아에 힘들 땐 퇴근하고 싶은 마음이 간절했다. 퇴근 시간이 정해져 있고 내가 퇴근하면 누군가 출근해서 그 자리를 대신해주길 바랐다. 〈신과 함께〉

에서처럼 귀인이 나타나거나, 〈알라딘〉의 지니가 나타난다면 이뤄지겠지만 그건 어디까지나 상상이었다. 그런 역할을 해줄 사람은 힘들 걸 알지만 남편밖에 없었다. 내가 퇴근하자고 남편에게 투잡을 시키는 꼴이다. 말도 안 된다 생각했다. 하지만 엄마인 내가 지치니 짜증이 고스란히 가족에게 갔다.

내가 지치지 않아야 가족의 평화가 지켜진다는 생각에 '퇴근'은 점점 간절해졌다. 일단 아무에게도 말하지 않고 혼자 퇴근 시간을 정해 지키기 시작했다. 처음부터 잘되진 않았다. 습관처럼 부르는 "엄마" 소리에 본능적으로 반응하고, 도움이 필요할 것 같은 순간이 보이면 자연스레 그 자리에가 있었다. 이래선 안 되겠다 싶어 가족회의를 통해 퇴근을 공식화했다. 퇴근을 공식화했음에도 내 손길이 필요한 일일 경우 못 본 척하지 못했다. 남편이 할 수 있음을 분명 알지만, 마음 편하게 맡기진 못했다. '왜 저렇게밖에 못하지?' '왜 저걸 못 보지?' '지금 저걸 해야 할 시간인데.' 등 참견하고 싶은 마음과 '해 보지 않았으니 그렇지.' '처음 해 보는 거니까 못하는 거야.' '아이들 하루 일정을 모르니 그런 거야.' 등 이해하는 마음이 부딪혀 갈등이 일어났다. 여기서 무엇을 선택하는지에 따라 변화는 시작된다. 눈을 감았다. 내가 하지 않는 이상 만족스러울 수 없다는 생각에 남편이 하는 것이 눈에 차지 않아도, 아이들이 일정대로 하지 않고 있어 잔소리가 목을 타고 넘어오려 해도 꿀떡 삼켰다.

퇴근 시간이 있다고 말하면 십중팔구 가당치도 않은 일이라는 표정이다.

"왜?"

"말이 퇴근이지 그게 마음대로 돼? 애들이 뭐 해달라고 하면 해줘야 하는데."

첫 번째 "왜?"에 대한 답은 나의 시간이 갖고 싶어서다. 뭘 하든 오롯이 나를 위해 시간을 쓰고 싶은 거다. 그렇게 말하면 '엄마'가 그럴 수 있냐는 의미를 담아 두 번째 말을 한다. 내가 퇴근을 부르짖을 때만 해도 큰아이는 초등 2학년, 작은아이는 다섯 살로 하루에 엄마를 수십 번은 족히 부를 나이다. 그런 시기에 엄마가 퇴근을 외쳤으니 이해 못할 수 있다. 생각 없는 엄마라는 말도 들었으니 이해 못 하는 사람이 있는 건 확인한 셈이다. 다른 말을 하는 사람도 있다.

"그래서 그 시간에 뭐 해?"

퇴근이 꼭 필요한 이유가 있을 거라는 생각과 그 시간에 무엇을 하는지 정말 궁금하다는 의미가 담겨있다. 쉴 시간이 필요하다고 하면 아이들 학교나 어린이집 가는 시간에 쉬면 된다고 한다. 또는 그런 단순한 이유 말고 다른 대단한 이유가 있을 거라 생각한다. 직장에서 퇴근을 하면 대부분 무엇을 하는지 생각해 보자. 그냥 쉰다. 퇴근은 사전적 정의 그대로 일터에서 근무를 마치고 돌아온 것이기에 지친 몸을 쉬게 해야 한다. 나도 지친 몸을 쉬게 하는 시간이 필요했다. 그렇게 나에게 온 귀한 시간에 책 읽으면서 공부도 하고, 뜨개질이나 퀼트를 하며 심신을 다독였다고 말하면 좋겠지만 가장 많이 하는 건 텔레비전을 보는 것이었다. 갑자기 주어진 시간에 무엇을 해야 할지 몰랐다. 책을 읽으려 치면 엄마 부르는 소리가 귀에 쟁쟁했다. 방에 있으면 "엄마 뭐 해? 왜 문 닫고 있어?"라며 수시로 방문을 열어젖히는 아이들 때문에 더 지쳤다. 그래서 선택한 것이 아무 생각 없이 시간을 보낼 수 있는 텔레비전이었다. 요즘은 시사예능도 다양해져 새롭게 알아가는 것도 많아 챙겨보는 프로그램이 늘었다. 그중 재방송까지 챙겨보는 프로그램은 〈삼시세끼〉라는 예능 프로그램이다. 〈윤식당〉, 〈꽃보다〉 시리즈, 〈스페인 하숙〉 등을 기획한 나영석 PD가 여행과 요리를 주제로 만든 프로그램이다. 2014년에 시작해 시리즈로 제작될 정도로 인기를 얻었다. 제목 그대로 출연자들이 삼시세끼를 직접 만들어 먹는 자급자족 요리 예능 프로그램이다. PD는 한 인터뷰에서 〈삼시세끼〉의 기획 의도를 이렇게 밝혔다.

“애들이 너무 힘들어하고 지쳐 보이고. 왜 힘들어할까 보면, 우리만 지친 걸까? 하고 밖을 돌아보면 다른 사람도 그런 거 같고. 그때 딱 감이 오는 거죠. 휴식이라는 게, 너무 많은 걸 했기 때문에 반대로 아무것도 안 하는 걸 강렬히 원할 수 있겠다. 그런 걸 보고 싶어 할 것 같다는 생각이요.”

프로그램을 기획하며 처음부터 인기를 얻을 프로그램이란 확신을 하진 않는다. 같은 주제로 제작해 본 적이 없기에 확신을 할 수도 없다. 사람의 욕구를 알아차려 기획했다 해도 성공확률 못지않게 실패확률도 딱 반이다. PD의 인지도가 프로그램의 성공을 담보하지도 않는다. 그럼에도 시작하는 건 해 보지 않으면 모르기 때문이다. ‘구더기 무서워 장 못 담근다.’라는 속담이 있다. 계획하던 바에 방해되는 것이 있다 해도 할 일은 꼭 해야 한다는 뜻이다. 새롭게 계획한 일을 하고자 하면서 고민하고 걱정하지 않는 사람은 없다. 고민되고 걱정되는 것 때문에 시작을 망설이기도 한다. 하지만 결과는 해 보지 않으면 모른다. 가사노동에서의 퇴근이 가능할까?라는 의문에서 출발한 나의 퇴근 프

로젝트가 보편적이지 않다는 건 안다. 맞벌이하는 자녀 부부를 위해 손주 양육에 다시 뛰어드는 실버세대를 보면 가사노동과 돌봄 노동은 끝이 없는 게 현실이다. 그런 현실에서 엄마가 퇴근을 외치는 건 성공확률보다 실패확률이 높다. 거기다 도와줄 사람도 없는 상황에선 실패확률이 월등히 높다. 물론 퇴근을 쟁취했다 하더라도 '퇴근하고 싶은 마음'과 '퇴근할 수 없는 마음' 사이에서 생기는 갈등을 이기지 못해 실패할 수도 있다. 이런 예상으로 실패확률에 대한 시나리오만 상상하다 시도조차 해 보지 않는다면 성공의 기쁨도, 실패를 통한 깨달음을 느낄 기회도 얻지 못할 것이다. 그래서 오늘도 외친다. "오늘의 엄마, 아내 끝. 퇴근."

강의를 시작하며 처음으로 많은 사람 앞에 서서 이야기할 때 염소 소리가 났다. 중학생 때 선생님과 아이들 앞에서 염소 소리로 노래를 부르던 게 생각나고 속 울렁거림이 최대치에 달해 화장실을 몇 번이고 다녀왔다. 지금도 많은 사람 앞에 서기 전까진 화장실을 두어 번 다녀온다. 구백 명 앞에서 강의한 적이 있다. 강의 의뢰를 받았을 땐 대략 백여 명이라고 했다. 그런 줄만 알고 있었다. 강의 일주인 전, 신청자가 구백 명에 육박해 강의 장소를 바꿨다는 연락을 받았다. 그렇게 많은 사람 앞에 서는 건 처음이었다. 그 소식을 듣는 순간 '내가 할 수 있을까?'라는 염려와 '실수하면 어쩌지.'라는 걱정이 앞섰다. 만약 염려와 걱정을 놓지 못해 강의하지 않았다면 지금도 후회하고 있을 것이다. 나영석 PD의 프로그램 인기도, 가사노동에서의 퇴근도, 구백 명 앞에서 강의 경험도 염려와 걱정에 해 보지 않았다면 존재하지 않을 시간과 경험이다. 한다고 성공하리란 보장은 없지만 해 보지 않아 남는 후회는 없을 것이다. 해 보고 싶은 게 있다면 일단 해 보고 거기서 멈출지 더 해 볼지 결정해도 늦지 않다. 그만할지 계속할지는 일단 해 보고 판단하라.

6

누구나 할 수 있다

요즘 학교는 학부모 참여 활동을 독려한다. 하지만 학교에서 정해주는 활동 외 다른 활동을 하기는 쉽지 않다. 건강한 교육환경과 아이의 성장을 위해서는 학교와 가정의 협력이 필요하다는 것에 공감하기에 10년을 학부모 봉사활동에 적극적으로 참여했다. 도서관 서고 정리를 하는 도서관 봉사를 했다. 처음 봉사를 시작할 땐 책 대출, 반납하는 업무와 서고 정리 활동이 전부였다. 그러다 봉사자와 사서 선생님이 함께 아이들을 위한 활동을 만들어 가기 시작했다. 가장 먼저 기획한 건 1학년을 대상으로 1교시 시작하기 전 학급으로 들어가 그림책을 읽어주고 나오는 '아침 책 읽어주기 활동'이었다. 함께할 학부모를 모집하고 책 읽어주기 활동에 관한 이해와 책 읽어주는 방법 등을 설명하고 들어갈 반을 배정해 활동을 시작했다. 두 번째 기획한 건 1, 2학년을 대상으로 방과 후에 그림책을 읽어주고 관련된 재미있는 활동을 하는 '방과 후 독서 교실'이었다. 일주일에 한 번, 8회 정도로 계획하고 함께 활동할 학부모를 모집하고 책을 선정하고 활동을 정해 진행했다. 아침 책 읽어주기 활동을 하고 싶다고 학교에 전했을 때 학부모가 교실에 들어오는 것이 부담스럽다는 이유로 선생님의 거절에 부딪혔다. 교장 선생님의 지원을 받아 반대하는 선생님을 설득하고 난 뒤에야 활동 기회를 얻을 수 있었다. 방과 후 독서 교실을 시작한다고 학부모 봉사자 모집 안내가 나가니 독서지도사 자격증이 있어야 하는 거 아니냐는 문의가 들어오기도 했다. 지원 자격으로 재학생 학부모라면 충분하다 답하니 아이들을 대하는 데 자격증 없는 사람들이 하는 건 믿음이 안 간다며 항의를 받기도 했다. 시작은 순탄하지 않았지만, 활동은 별문제 없이 진행됐다. 활동의 목적이 아이들에게 책의 재미를 알게 하고 책과 친해지는 시간을 가지게 하는 것으로 분명했기에 학부모와 선생님을 설득할 수 있었다. 시작한 지 10년이 지난 지금, 아침 책 읽어주기 활동은 1학년에 2학년까지 확대되어 계속 운영하고 있고 방과 후 독서 교실은 신청자가 많아 추첨을 통해 참여자를 뽑는다.

청소년을 대상으로 '독서 런닝맨'이란 활동 강의를 진행한다. 학교에서 마음껏 뛰는 게 허락된 시간은 체육 시간, 점심시간이 전부다. '독서 런닝맨'은 모둠으로 다니며 책과 관련된 다양한 활동을 하는 프로그램이다. 활동에 성공할 때마다 받는 퍼즐 조각을 다 모아 퍼즐을 전체 완성하면 마무리된다. 뛰고 소리 지르며 프로그램을 즐기는 아이들을 볼 때마다 내 아이가 다니는 학교에서도 진행하고 싶었다. 사서 선생님께 건의해 도서관 주관으로 둘째 정윤이가 속한 5학년 전체를 대상으로 진행했다. 함께 진행할 학부모 봉사자를 모아 사전 설명과 만반의 준비를 한 후 강의를 진행했다. 학년 전체를 진행하기에 시간별로 많은 에너지가 쓰이지만, 모둠별로 몰려다니며 뛰고 웃는 아이들을 보면 하나도 힘들지 않다. 드디어 정윤이 반이 들어왔다. 아이와 눈으로 인사하고 프로그램을 진행했다. 친구들과 웃고 뛰는 정윤이를 보니, 하길 잘했구나 싶었다. 활동이 끝난 후, 체험학습 신청 문의차 정윤이 반을 찾아갔다.

"선생님, 정윤이가 누나 졸업식 참석을 해야 해서요. 조퇴로 하면 될까요? 아니면 체험학습 신청서를 내야 할까요?"

"강사님, 정윤이와 어떻게 아시는 사이신가요?"

"네? 저요? 저 정윤이 엄만데요."

선생님은 정윤이 엄마와 강사인 나를 같은 인물로 보지 못했다. 순간 나도 당황했지만 나보다 더 당황하던 선생님의 눈빛을 잊을 수 없다. 봉사를 시작한 목적을 달성하면 그만하는 경우가 있다. 아이를 위해 시작했다면 아이가 학교에 적응한 걸 확인하거나 담임선생님에게 엄마의 존재가 눈도장 찍히면 그만한다. 이런 경우 남을 위해 힘을 바쳐 애쓴다는 봉사의 근본적 취지에 어긋난다며 얄밉다고 말하기도 한다. 내 생각은 다르다. 목적을 달성하고 봉사를 그만두는 사람이라 해도 봉사를 안 하는 것보다 낫다. 시작하는 이유가 어떻든 활동하면서 생각이 변할 수도 있기 때문이다.

첫째 도연이가 6학년 때 여름 방학을 맞아 5, 6학년을 대상으로 학교에서 '기아 체험'을 기획하고 진행한 적이 있다. 1박 2일로 진행되었기에 학부모 봉사자와 선생님의 도움을 많이 받았다. 학교에서 1박을 하기에 준비할 것도 많았다. 프로그램을 시간별로 전체 기획하고 1박에 필요한 텐트를 지원받았다. 함께 잘 조를 짜고 텐트별 담당자를 정했다. 함께 밤을 지새울 봉사자를 뽑고 안전을 위해 동선을 몇 번이나 체크했다. 정말 고생하며 진행했다. 둘째 날 아침, 학부모 봉사자들과 마무리하는 자리에서 봉사자들의 생각을 들을 수 있었다. "힘은 들었지만 이렇게까지 뿌듯한 적은 없었다." "학교와 학생, 학부모가 한 팀이 된 듯 느껴졌다." "학생들에게 정말 값진 추억을 만들어줘서 참여하길 잘했다 싶다." "사춘기에 접어드는 아이에 대한 선입견이 있었는데 그게 싹 사라졌다." 참여 전과 후의 생각 변화를 들으니 가슴이 찡했다. 참여했던 아이들은 아직도 초등학교 행사 중 가장 재밌었다고 기억한다.

봉사를 여유 있는 사람의 취미 활동 정도로 보는 일도 있다. 기부하거나 봉사를 하는 건 여유가 있어야 하는 것, 내 코가 석 자인데 남을 돌아볼 경황이 어딨느냐, 생활이 안정되면 한다고 말하는 사람도 흔히 본다. 그건 봉사를 시간과 돈이 남아도는 부자들이나 하는 일이라고 보기 때문이다. 봉사는 남을 돕기 위해 하는 활동이기도 하지만 자신의 삶을 바라보는 태도를 변화시키는 활동이기도 하다. 봉사를 예를 들어 이야기하지만 내게 일어나는 모든 일이 그렇다. 주위에서 일어나는 일이 나와 상관없는 일이라 생각해 넘겨버리면 의미 없는 일이 된다. 반대로 내게 의미 있는 일로 본다면 내 삶에 무한한 영향을 주는 새로운 기회의 장이 될 수 있다.

새로운 건 아무것도 없는 곳에서 만들어지지 않는다. 있던 것, 하던 것에서 결핍, 보완, 수정과정을 거치면서 만들어진다. 무언가 하고 싶은 것이 있다면 지금 내가 하는 것, 가지고 있는 것들을 새로운 관점으로 들여다보는 것부터 시작하는 것이 좋다. 아무리 사소한 것이라도 내게 어떤 의미가 있는지, 아주 중요한 것을 사소한 것으로 보고 있지는 않은지 다시 돌아보는 것이 시작이다. 변화와 성장을 위해서 이때까지 하지 않던 것에 도전하는 것도 좋지만 익숙한 공간과 일에서도 기회를 만들 수 있음을 기억하라. 보던 곳, 하던 일, 만나던 사람도 다시 보면 새로운 면이 보인다. 변화와 성장은 누구나 할 수 있다. 다만 원하는 것보다 늦은 속도에 멈춰 서 있는 듯 느껴질 수 있다. 기대와 다른 속도의 변화와 성장에 지칠 수 있겠지만 포기하지는 않길 바란다. 멈추지만 않으면 내일은 오늘보다 한 발짝 더 나아갈 것이다. 내가 주체인 삶, 내 인생이다. 비교에서 벗어나 자신만의 잣대와 믿음으로 단단히 뿌리 내리고 자신만의 속도로 나아가기를 바란다.

마치는 글

이 책의 끝, 이 글까지 읽고 있는 분들은 현재보다는 미래, 머물러 있기보다는 변화와 성장에 더 관심 가진 분일 것이다. 지금의 자신에 만족 못 해서가 아니라 성장하는 자신과 미래를 꿈꾸기에 그렇다. 어릴 때는 막연히 사람은 나이 들면 어른이 되고, 좋은 사람 만나 결혼해 아이 낳고, 그러다 더 나이 들면 노인이 되어 죽는 비슷한 삶을 산다고 생각했다. 그게 평범한, 일상적인 사람들의 삶이라고, 별다른 삶 없다 생각했다. 어른이 되어 결혼하고 아이 엄마이자 아내, 새로운 직업까지 가지고 보니 평범하고 일상적인, 별다른 거 없는 삶은 어디에도 없다는 걸 깨달았다. 자신만의 삶을 사는 당신, 오늘과 다른 내일을 꿈꾸는 당신이 책을 덮고 모든 것을 다 잊더라도 이것만은 기억하면 좋겠다.

첫째, 지금 할 수 있는 걸 하라. 우리는 미래를 꿈꾸며 살아간다. 아이에게도 나중에 어떤 일을 하고 싶으냐는 미래지향적인 질문을 수시로 던진다. 그래야 미래를 준비하고 있는 듯해 덜 불안하기 때문이다. 하지만 이런 질문을 받으면 미래의 행복을 준비해야 한다는 착각에 빠져 장기 프로젝트나 꿈 계획을 원대하게 세워야 한다고 느낀다. 뭔가 대단한, 큰 계획이 필요하다 느끼는 순간부터 어려워진다. 고민만 거듭하다 결국 지금 내가 처한 환경에 불평하고, 가진 조건에 실망하며 다른 사람에 비해 부족한 능력에 좌절하게 된다. 미래를 맞이하려면 현재를 보내야 한다. 먼 미래만 바라볼 게 아니라 가까이 있는 지금 무엇을 해야 하는지, 할 수 있는지 바라봐야 한다. 두렵지 않은 미래를 맞이하려면 정해지지 않은 미래만 바라보며 한숨 쉬지 말고 지금 할 수 있는, 해야 하는 것에 최선을 다해야 한다. 지금보다 성장한 나, 행복한 미래, 오늘보다 나은 내일을 꿈꾼다면 지금 할 수 있는 걸 해야 한다. 오늘 하는 일이 내일을 창조한다.

둘째, 망설임을 뒤로하고 일단 시작하라. 무언가를 선택하고 결정할 때 망설이는 건 하고 싶은 마음이 있다는 것이다. 마음은 있지만, 주변 여건상 망설일 이유가 존재하는 것이다. 이미 마음은 그 일을 하고 싶은 쪽으로 기울었다.

그렇다면 일단 시작하라. 시작하기로 마음먹고 나면 망설였던 이유는 해결책을 찾게 될 것이다. 망설이는 이유를 계속 생각하다 보면 하나였던 이유가 두 개, 세 개로 늘어나 결국 시작하지 못한다. 시작하고 나서도 망설였던 이유가 해결되지 않고 계속 눈에 밟힌다면 그때 그만해도 된다. 시작해본 경험은 다시 시작하거나 다른 일을 할 때 탄탄하고 훌륭한 거름이 될 것이다.

셋째, '당연히'와 '원래'를 벗어던져라. 싱크대 공사를 하면서 다른 사람들은 수전이 오른쪽으로 된 싱크볼을 기본으로 사용한다는 걸 알았다. 오른손잡이가 많은 우리나라에선 당연히 오른쪽에 수전을 두고 쓴다고 한다. 기본이라는 설명과 불편했겠다는 말을 들으며 십 년 넘게 왼쪽 수전을 사용한 난 이상한 사람이 되었다. 아니, 그렇지 않다. 원래 그런 건 없다. 다른 사람에게 원래인 것이 나에게도 원래일 필요는 없다. 원래라는 굴레에서 벗어나 나에게 맞는 것을 선택하는 것이 옳다. '당연히'와 '원래'라는 단어를 자신에게 대입해 생각지 않으면 좋겠다. "원래부터 엄마는 이런 역할을 해왔어." "나도 엄마니까 당연히 이렇게 해야 해." "원래 내가 하던 일이 아니잖아." "당연히 난 할 수 없지." 스스로 틀을 만들어 자신을 옭아매지 않기를 바란다.

나와 네가 다르듯이 생각도 환경도 조건도 시작점도 다 다르다. 누군가가 그리했으니 나도 그럴 필요는 없다. 성공한 사람이 이리했으니 나도 성공하기 위해 꼭 이렇게 할 필요는 없다. 모든 이의 삶은 다르고 슈퍼노멀super normal하기에 나만의 비범함을 알아차리면 된다.

해야 할 일을 하지 않으면 어떤가. 하지 않던 일을 해 보면 어떤가. 다른 사람보다 좀 느리게 가면 어떤가. 시작한 일을 마무리하지 않으면 어떤가. 다들 가는 방향과 다른 방향으로 가보면 어떤가. 좀 그러면 어떤가. 하다 보면 지칠 때도 있고 확신이 들지 않을 때도 있다. 다 포기하고 주저앉고 싶을 때도 있다. 그럴 때 멈추지만 않기를 바란다. 가다 보면 어디라도 닿아 있을 것이다. 하다 보면 뭐라도 되어 있을 것이다. 하지만 가지 않고 하지 않으면 시간이 지나도 그 자리에 멈춰 있을 것이다. 이 글을 읽는 순간, 무엇을 할 것인지 당신은 이미 답을 안다. 당신이 그것을 하면 좋겠다.

멈추지만 않는다면

펴 낸 날 2021년 8월 12일 초판 1쇄

지 은 이 류다영
펴 낸 이 박지민
책임편집 김정웅
책임미술 롬디
그 림 민선
마 케 팅 박종천, 박지환

펴 낸 곳 모모북스
서울특별시 동대문구 왕산로81, 203-1호(두산베어스 타워)
전화 010-5297-8303 팩스 02-6013-8303
등록번호 2019년 03월 21일 제2019-000010호
e-mail pj1419@naver.com

ISBN 979-11-90408-17-2 03800